Z

Lettres intimes

DE

Maria Edgeworth

DÉPOT LÉGAL
Seine-et-Oise
Nº 226
1896

GUILLAUMIN ET Cⁱᵉ

272852

BIBLIOTHÈQUE NATIONALE
IMPRIMÉS

8° Z.
14329

:Z

Lettres intimes

DE

Maria Edgeworth

2802-96. — Corbeil. Imprimerie Éd. Crété.

Lettres intimes

DE

Maria Edgeworth

PENDANT SES VOYAGES EN BELGIQUE
EN FRANCE, EN SUISSE ET EN ANGLETERRE

En 1802, 1820 et 1821

ORNÉ D'UN PORTRAIT DE MISS EDGEWORTH

(Dessin de M. G. Profit)

Préface de Mme W. O'BRIEN

TRADUIT DE L'ANGLAIS PAR Mlle P. G.

PARIS

GUILLAUMIN ET Cie

14, RUE RICHELIEU

1896

DÉPOT LÉG.
Seine & Oise
No 226
1896

PRÉFACE

Qui n'a éprouvé parfois un certain regret d'avoir fait la connaissance d'un
écrivain, dont les livres l'avaient charmé?
Il est si rare que l'auteur réponde à l'idée
que l'on s'était faite, et l'un des biographes
récents de George Eliot, admirateur pas-
sionné de ses romans, nous avoue qu'après
l'avoir rencontré, il songeait amèrement
que pour ne pas perdre ses illusions mieux
vaut ne connaître ses auteurs préférés que
par leurs écrits. Miss Edgeworth était une
heureuse exception. Sa grande réputation
littéraire ne lui avait rien fait perdre de sa
modestie, et les portraits que nous tracent
d'elle ceux qui l'ont connue produisent une
impression charmante.

a

Mais pour bien l'apprécier, nous n'avons qu'à nous rappeler quelle a été sa vie de famille. Elle était la fille aînée de M. Edgeworth. Son père se maria quatre fois et eut vingt-deux enfants. Maria Edgeworth (née en 1767), toute petite à la mort de sa mère, fut une fille soumise et affectueuse pour ses nombreuses belles-mères. Elle avait vingt-cinq ans quand son père se maria pour la quatrième fois, et la lettre qu'elle adressa à la jeune fille qui allait devenir Madame Edgeworth est un modèle de bon sentiment. Dans la suite il n'y eut jamais un nuage entre elles. Quant à ses nombreux frères et sœurs, Maria eut la plus tendre affection pour eux et fut une seconde mère pour cette nombreuse famille. En lisant sa correspondance, il est impossible de s'apercevoir qu'elle ait jamais fait la moindre différence entre ses propres frères et sœurs et ceux qui étaient nés des mariages suivants. Elle avait pour son père une admiration sans

borne; c'est à lui qu'elle attribuait le mérite de tout ce qu'elle avait écrit; ce trait
est d'autant plus charmant que M. Edgeworth n'était nullement supérieur à sa fille,
comme elle aimait à le croire, et dans plusieurs de ses romans les changements qu'il
lui conseilla n'étaient guère heureux. Elle
commença à écrire de bonne heure. Son
premier ouvrage parut en 1796 et depuis
ce moment jusqu'à sa mort, en 1849, elle ne
cessa d'écrire. Outre ses contes et ses récits
pour la jeunesse, qui ont fait les délices de
générations successives, elle a fait dans une
grande mesure pour l'Irlande, ce que Walter
Scott a fait pour l'Écosse. L'auteur de
Waverley dédiait ce roman à Miss Edgeworth, en disant qu'il avait cherché de loin
à égaler « ses admirables portraits irlandais ».

Dans *The Absentee*, dans *Castle Rackrent*,
dans bien d'autres romans, Miss Edgeworth
a tracé un admirable tableau de la vie irlan-

daise à cette époque. Elle a la première dé-
peint dans ses romans les tristes effets de
l'absentéisme, l'abus des fermages exces-
sifs; elle a indiqué de main de maître les
funestes conséquences non seulement pour
les tenanciers, mais peut-être encore plus
pour les familles de propriétaires, du
genre de vie extravagant, qui faisait le
malheur des paysans et amenait la ruine
des landlords.

Miss Edgeworth en décrivant les maux
causés par les mauvais propriétaires, donnait elle-même l'exemple du bien que l'on
pouvait faire en administrant sagement ses
propriétés. Son père avait partagé avec elle
les soins qu'il donnait à ses terres, puis il
finit par se décharger entièrement sur elle
de ce souci. Après la mort de M. Edgeworth, la propriété passa entre les mains
de Lovell, le seul fils né du second mariage;
celui-ci pria sa belle-mère et tous ses beaux-
frères et belles-sœurs de rester à Edge-

worthstown comme par le passé. Le nouveau propriétaire, après avoir pris en main l'administration de ses propriétés trouva plus avantageux de prier Miss Edgeworth de se charger entièrement de ce soin. Elle devint l'*agent* de son frère comme elle l'avait été de son père. Par sa prudence et son esprit pratique elle traversa une période de crise qui amena la ruine de propriétaires moins sages. Tout en sauvegardant les intérêts de son frère, elle gagna l'affection des tenanciers, et elle se plaît à reconnaître leurs bons procédés à son égard. Plus tard, son frère fut amené par le besoin d'argent à songer à vendre ses propriétés. Miss Edgeworth employa l'argent qu'elle avait gagné par ses livres à garder dans la famille l'héritage paternel. Mais elle fit pour condition qu'elle resterait « *a background figure* » dans l'ombre, comme par le passé : Lovell serait toujours le maître à Edgeworthstown, sa belle-mère serait la maîtresse de maison, c'est elle qu'on consulterait et c'est elle qui déciderait tout.

Miss Edgeworth écrivait à M. Ticknor, l'écrivain américain : « Le plus tôt vous viendrez chez nous maintenant, mieux cela vaudra. Mme Edgeworth est de retour, vous trouverez la maison bien plus agréable quand elle y est, et vous ne pourriez voir notre famille à son avantage que lorsqu'elle en fait partie et qu'elle est à sa tête. »

La réputation littéraire de Miss Edgeworth lui avait ouvert la meilleure société à Londres et à Paris. Elle avait été recherchée et *lionisée* dans tous les salons. Elle avait joui de son succès.

Dans ses lettres à sa famille, elle se plaît à décrire les personnes qu'elle rencontre, elle répète les compliments qu'on lui fait, sachant le plaisir qu'elle cause aux siens. Mais cette popularité ne lui fait pas perdre la tête, au contraire, elle reste tout aussi modeste et simple, et lorsqu'elle revient en

Irlande, elle reprend avec le même plaisir sa vie de famille.

Ticknor raconte dans son journal une visite à Edgeworthtown (1835) et voici comment il décrit Miss Edgeworth :

« Une toute petite dame de soixante-sept ans, ayant des façons franches et bienveillantes, qui vous regarde toujours en face avec des yeux gris et doux, quand elle vous parle. Sa conversation est vive et variée, mais en même temps pleine de naturel. Elle est prête à défendre chacun, tant qu'elle le peut, sans être déraisonnable. Dans ses rapports avec sa famille elle est charmante. Elle fait sans cesse appel à Madame Edgeworth qui semble être l'autorité ; quand il s'agit de faits, elle répète les plaisanteries à sa tante infirme, Miss Sneyd, qui ne peut entendre et qui a pour elle une affection et une admiration extrême.

« Elle parle de ses écrits sans affectation, mais en toute liberté et ce n'est jamais elle qui introduit le sujet ; elle semble toujours contente de parler d'autre chose. »

Miss Edgeworth avait le don heureux d'écrire au milieu des conversations et du bruit. La pièce où elle travaillait était le lieu de réunion de toute la famille, et tout en s'occupant de ses travaux littéraires ou des soins domestiques, qu'elle ne négligeait pas, elle se préoccupait de tout ce qui pouvait faire plaisir à ceux qui l'entouraient.

« Elle avait une rare force d'abstraction », écrit Mme Hall, une de ses amies, « elle entendait ce qui se disait, prenait part à la conversation et continuait en même temps son travail. » Elle avait un pupitre, que son père avait fait pour elle, elle le mettait dans un coin, et « c'est là qu'elle a écrit presque tous ses ouvrages. De temps en temps elle se levait pour chercher un jouet pour un enfant, elle montait sur une échelle pour prendre un livre et donner une explication

sur quelque sujet dont on parlait autour
d'elle, puis elle reprenait sa plume et continuait à écrire comme si rien ne l'avait interrompue. J'exprimai ma surprise à
Madame Edgeworth : « Maria, dit-elle, a
« toujours été ainsi. Son esprit est si bien
« équilibré, qu'elle ne ressent aucun incon-
« vénient de ce qui dérangerait un autre
« écrivain ».

« Elle se levait de bonne heure et avait
beaucoup travaillé avant déjeuner. Chaque
matin, pendant notre séjour à Edgeworthstown, elle m'apportait un bouquet de roses
qu'elle plaçait près de mon assiette. Chaque
fois que nous revenions d'une promenade,
elle regardait si mes chaussures étaient
mouillées; elle entrait sans cesse dans notre
chambre pour voir si nous n'avions besoin
de rien. Elle ne semblait jamais se lasser
de penser à ce qui pourrait rendre heureux
ceux qui l'entouraient.

« Nous avions connu Miss Edgeworth à

Londres, mais on comprend qu'elle soit encore plus à son avantage chez elle.

« Elle avait été la plus douce des *lionnes*, la moins exigeante, et comme si elle n'avait pas conscience de son droit au premier rang ; chez elle, elle était dans toute la force du mot *at home*. Petite de taille, la figure pâle et maigre, les traits irréguliers, elle avait dû être laide même dans sa jeunesse.

« Mais son expression était si bienveillante, ses manières si parfaites, un vrai mélange de dignité anglaise et de franchise irlandaise qu'on ne pensait jamais à se demander si elle était jolie ou laide, en un mot, elle était de ces personnes qui peuvent se passer de beauté. »

Miss Edgeworth avait le grand avantage d'avoir une bonne santé. Par exception, en janvier 1843 elle tomba dangereusement malade. Elle écrivait ensuite : « Et maintenant que c'est passé, je remercie Dieu, non

seulement pour ma guérison, mais encore
pour ma maladie. En vérité et sans la
moindre affectation, je déclare qu'en somme
ma maladie a été une cause de plus de joie
que de regret ; je passerais de nouveau par
la fièvre et la faiblesse pour avoir la consolation de sentir l'affection profonde de ceux
qui m'entourent, et pour éprouver le même
sentiment de reconnaissance inexprimable
quand je sentais qu'il était plus que pro-
bable qu'à mon âge — soixante-seize ans —
je ne guérirais pas. Je n'avais pas d'inquiétude, j'étais prête à me lever tranquillement du banquet de la vie, où j'avais eu
une part si pleine de joie, j'avais confiance
dans la bonté du Créateur. »

Miss Edgeworth vécut encore plusieurs
années, et jusqu'à la fin son intérêt pour
tout ce qui était intellectuel ne se démentit
pas.

« Le plaisir que nous donne la littérature,
écrivait-elle quelques semaines avant de

mourir, ne diminue pas avec l'âge. J'ai eu
quatre-vingt-deux ans au mois de janvier
et je crois que je jouis autant des livres
qu'à aucune autre époque de ma vie. »

La correspondance de Miss Edgeworth a
été publiée par M. Hare, qui y a ajouté
quelques détails biographiques. Ce sont
deux gros volumes. Il s'y trouve naturellement beaucoup de parties qui ont moins
d'intérêt pour le lecteur français. Le traducteur s'est attaché de préférence à mettre
en relief ce qui est d'intérêt général ; il a
traduit tout particulièrement tout ce qui
se rapporte aux séjours de Miss Edgeworth
à Londres et à Paris où elle s'est trouvée
en contact avec tous les personnages intéressants de son époque : Mme de Staël,
Mme Récamier, Dumont, l'ami de Bentham,
Mme de Genlis, le duc de Broglie, Mme de la
Rochejaquelein, l'héroïne vendéenne. Elle
nous décrit dans ses lettres Walter Scott,

Lockhart, Sir James Mac-Intosh, Mrs Fry,
Malthus, Sidney Smith, Ricardo, dont elle
connaissait les écrits. Sa description de
l'économiste au milieu de sa famille est
fort attrayante et ne répond guère à l'idée
qu'évoque le nom de cet écrivain. On ne se
représente guère Ricardo et Miss Edgeworth jouant aux charades, et imitant à qui
mieux mieux le cri du coq, ou Ricardo
apparaissant successivement, en moine et
en singe !

Ce qui distingue les portraits que trace
Miss Edgeworth dans sa correspondance,
c'est le trait que signale Ticknor en parlant de sa conversation : elle voit de préférence le bon côté des personnes et des
choses, et autant que le bon sens le per-
met, elle les juge avec bienveillance. Il
n'y a pas chez elle l'ombre de vanité, ni
de jalousie littéraire. Cette égalité d'humeur, qui rendait les rapports avec elle
si agréables, attire et repose celui qui

prend en main la correspondance de Miss Edgeworth. Le lecteur français peut maintenant prendre sa part de cette jouis-sance.

SOPHIE O' BRIEN.

NOTICE

Maria Edgeworth, fille de Richard Lovell Edgeworth et de sa première femme, Anna Maria Elers, naquit à Balek Bourfon, Oxfordshire, maison maternelle de son père, le 1ᵉʳ janvier 1767 et y passa son enfance.

A l'époque du second mariage de son père (1773), elle le suivit en Irlande. Par suite de la mauvaise santé de sa belle-mère, elle fut en 1775 envoyée en pension à Derby, chez Mˢ Lataffière, et lorsqu'elle la perdit en 1780, elle fut confiée à Mˢˢ Davis, qui habitait Upper Wimpole Street à Londres.

On tenta d'activer sa croissance par

divers moyens mécaniques, entre autres
celui qui consistait à la suspendre par le
cou! Elle en souffrit beaucoup et sans
résultat, car en dépit de ces tentatives, elle
resta toujours petite.

Maria Edgeworth apprit la danse, mais
ne montra jamais la moindre disposition
musicale, tandis qu'au contraire, elle
donna de bonne heure, dès sa première
école, des promesses de talent littéraire.
C'était une très bonne élève en langues
italienne et française, et de plus, semblable
en cela à Walter Scott, elle était très
appréciée comme conteuse par ses cama-
rades.

Elle passa souvent ses vacances chez
Thomas Day, le grand ami de son père,
à Anngsley (Surrey). Il la guérit même,
par le traitement de l'eau goudronnée,
d'une inflammation des yeux qui avait
failli lui faire perdre la vue. Il l'encouragea
toujours dans ses études, lui donnant de

bons conseils et l'entourant des soins les plus affectueux.

En 1782, elle accompagna son père et sa troisième femme à Edgeworthstown, et d'après le conseil paternel traduisit *Adèle et Théodore*, de Mme de Genlis.

Bien que vivant au milieu du monde et dans une société d'élite, Maria fut toujours très timide. Elle fut cependant dès cette époque appréciée à sa valeur par lady Moira, qui résidait souvent à Castle Forbes avec sa fille lady Granard et se rendait fréquemment aussi à Pakenham Hall, propriété de lord Longford, ami intime des Edgeworth.

Maria se rendit fort utile à son père dans la tenue de ses comptes ainsi que dans ses rapports constants avec ses tenanciers : Ce fut elle aussi qui s'occupa exclusivement de l'éducation de son jeune frère Henri. Ce genre d'occupation lui permit d'acquérir à la fois l'habitude du monde,

la connaissance approfondie du caractère
du paysan irlandais, deux choses qui devaient contribuer plus tard au succès de
ses romans, en même temps qu'il la rendait
apte à apprécier le côté pratique de l'éducation. Son père se fit d'elle une amie ;
bien que craintive à cheval, elle se plaisait
à faire de longues courses avec lui en raison du profit qu'elle tirait toujours de sa
conversation. Il devint son conseil et en
quelque sens le collaborateur de ses productions littéraires, sa principale occupation pendant de nombreuses années. Miss
Edgeworth écrivit ses premiers essais
sur une ardoise : de simples histoires
inventées par elle, et racontées à ses
sœurs. Lorsque ces contes obtenaient
leur approbation elle les recopiait. *Free-
man Family*, développé ensuite dans *Patronage*, fut écrit pour amuser sa belle-
mère, Elizabeth, relevant de maladie
en 1787.

En 1791, son père emmena sa femme en Angleterre et Maria fut chargée des enfants avec lesquels elle alla les rejoindre à Clifton en décembre. La famille retourna à Edgeworthstown en 1793, et là, tout en participant à la vie d'intérieur, elle se fit pour la première fois, connaître comme auteur. Les *Letters to Literary Ladies*, défense de l'éducation féminine, parurent en 1795, puis en 1796, le premier volume de *Parent's Assistant*.

En 1798, son père se maria une quatrième fois. Ce mariage, contre lequel on comprend que Miss Edgeworth se soit élevée tout d'abord, lui donna pourtant une intime amie dans sa nouvelle belle-mère. Pendant cinquante et un ans, leurs affectueuses relations ne subirent aucun nuage. Toute la famille, qui comprenait en outre des enfants, deux sœurs de la seconde Mrs Edgeworth, Charlotte Sneyd (morte en 1822), et Mary Sneyd (morte

en 1841 à quatre-vingt-dix ans), vécut ensemble dans les meilleurs termes.

Elle publia à cette époque, en collaboration avec son père, deux volumes inti-
tulés *Practical Education* présentant,
dans un certain nombre d'essais très
argumentés, une modification aux théories émises par Rousseau dans l'*Émile*,
théories adoptées par Edgeworth et
Thomas Day. D'autres ouvrages adap-
taient en même temps l'application de
ces théories à la littérature enfantine, tels
que *Harry and Lucy*, écrits par Edgeworth et sa femme Honora, tandis que
Thomas Day avait déjà écrit *Sandford et
Merton*.

En 1800, Miss Edgeworth commença la
publication de ses romans par celui de
Castle Rackrent qui fut une œuvre tout
à fait personnelle, mais publiée sous le
voile de l'anonyme. Ses vigoureuses descriptions du caractère irlandais obtinrent

un rapide succès et la seconde édition parut sous son nom. *Belinda* parut ensuite en 1801. Puis en 1802 l'*Essay on Irish Bulls*, en collaboration avec son père. La réputation de Miss Edgeworth comme auteur était dès lors, un fait accompli. M. Pictet, de Genève, qui avait déjà traduit *Practical Education*, traduisit également ensuite les *Moral Tales*, dans sa *Bibliothèque Britannique*. Il rendit vers cette époque visite aux Edgeworth en Irlande. Peu de temps après, Miss Edgeworth accompagnait son père en France pendant l'intervalle de la paix d'Amiens; elle y reçut de nombreuses marques d'attentions de toute la société littéraire et distinguée d'alors.

Elle eut l'occasion de se trouver pendant ce voyage avec un Suédois, le comte Edelcrantz, qui la demanda en mariage. Ne pouvant s'accoutumer à l'idée d'aller vivre à Stockholm où la situation du comte l'obligeait à séjourner, la chose n'eut pas de suites. Elle en souffrit pendant longtemps et bien que tout rapport eût cessé entre eux, elle en conserva toute la vie le souvenir. Aussitôt son retour en Angleterre, elle écrivit *Leonora*, roman en harmonie avec les goûts et la manière de sentir du comte.

Après un court séjour à Édimbourg, la famille revint en 1803 à Edgeworthstown, où Maria se remit au travail. Elle avait l'habitude d'écrire dans la pièce où tout le monde était réuni, au milieu du bruit et des occupations de chacun. Toutes ses productions étaient soumises à son père, qui souvent y insérait des passages de son propre fonds. *Popular Tales* et la *Modern Griselda* parurent en 1804, *Leonora* en 1806. La première série des *Tales of fashionable Life* (contenant *Eunice, The Dun, Manœuvring* et *Almeria*) en 1809, et la seconde série (*The Absentee, Vivian* et *Mme de Fleury*) en 1812.

Les Edgeworth furent très entourés, pendant le séjour qu'ils firent à Londres au printemps de 1803. Byron, qui s'amusait quelquefois du père, convint pourtant que Miss Edgeworth était simple et charmante (1), Crabb Robinson fait le même récit et Stackintosh (2) confirme cette opinion, en ajoutant « qu'elle était entourée par toute l'aristocratie de Londres, avec un empressement presque sans exemple ».

Patronage, commencé en 1787, fut terminé à son retour, mais ne parut qu'en 1814. Elle écrivit ensuite *Harrington* et *Ormond* qui parurent en 1817. Miss Edgeworth eut le plaisir de recevoir à temps quelques pages de ce dernier volume, pour le jour de naissance de son père, le 31 mai 1817; *Ormond* l'intéressait spécialement car il y avait collaboré. Il écrivit une courte pré-

(1) Journal, 19 juin 1821.
(2) *Life*, p. 262.

face et mourut le 13 juin suivant. Après sa
mort, son fils Lovell, qui était célibataire,
prit la tête de la maison.

Edgeworth avait laissé ses *Mémoires* à
sa fille, avec injonction de les compléter
tout en publiant intégralement la partie
achevée par lui. Elle les termina pour l'été
de 1818, bien qu'elle fût alors très déprimée
par des chagrins de famille, par des ma-
ladies régnant sur les paysans au milieu
desquels elle vivait et aussi par une faiblesse alarmante de la vue. Elle dut à cette
époque renoncer à lire, à écrire et presque
entièrement au travail d'aiguille, pendant
deux années. Ses sœurs devinrent alors ses
secrétaires.

En 1818, Maria se rendit à Bowood,
principalement pour prendre l'avis de son
ami Dumont, relativement aux *Mémoires*
de son père, et en 1820 elle vint une seconde
fois à Paris avec deux de ses sœurs, et y
reçut les hommages de la meilleure société

du temps, puis à Genève, d'où elle rentra à Edgeworthstown en mars 1821.

Les *Mémoires* de son père furent publiés pendant son absence en 1820 et très attaqués dans la *Quarterly Review*. Ils eurent une 2ᵉ édition en 1828 et une 3ᵉ en 1844.

Jusqu'à la fin de sa vie, Maria fit de la maison d'Edgeworthstown sa résidence, tout en allant souvent à Londres et en faisant de fréquentes excursions. Une des plus intéressantes, fut celle qu'elle fit en Écosse au printemps de 1823. Walter Scott la reçut à Édimbourg de la façon la plus chaleureuse, et ensuite à Abbotsford. Elle avait lu le *Lai du dernier Ménestrel*, dès sa publication. Walter Scott déclare dans le dernier chapitre de *Waverley* (et plus tard dans la préface collective de tous ses romans), que les descriptions faites par Miss Edgeworth du caractère irlandais l'avaient beaucoup encouragé à tenter la même expérience sur le caractère écossais.

Il lui adressa un exemplaire de *Waverley* dès qu'il parut, bien que la publication fût anonyme, et en elle fut dans l'enthousiasme. Quant à ce qui concerne la personnalité de Walter Scott, son attente fut surpassée. Il lui rendit sa visite à Edgeworthstown en 1825 et ils firent ensemble une excursion à Killarney. Avant son départ il réunit à Dublin une grande partie de la famille Edgeworth, et on but à sa santé pour son jour de naissance. Ils ne devaient plus se revoir, mais leur correspondance fut toujours très cordiale.

Pendant l'époque troublée de 1826, miss Edgeworth remit la direction de la propriété entre les mains de son frère Lovell, ayant déjà renoncé à s'occuper de la rentrée des revenus à la mort de son père. Elle avait déployé en affaires de grandes capacités et porté beaucoup d'intérêt aux pauvres de son domaine. Bien que tous ces devoirs l'occupassent beaucoup, elle trouvait encore

le temps d'écrire et commença son dernier
roman *Helen* environ vers 1830. Il ne parut
qu'en 1834 et eut très vite une seconde
édition. Cependant, il n'obtint pas le succès
de ses premiers contes : le style en parut
un peu démodé.

Au printemps de 1834, elle alla dans le
Connemara, excursion décrite avec beaucoup d'humour dans une longue lettre insérée dans les *Mémoires*. La vivacité
d'esprit de Miss Edgeworth était restée la
même ; elle se mit à apprendre l'espagnol
à l'âge de soixante-dix ans ! Sa correspondance était également toujours fort active,
et donne peut-être plus que ses romans,
une idée juste de son talent.

Sa dernière visite à Londres eut lieu en
1844..

Elle fut toujours d'excellent conseil en
littérature et discutait avec un remarquable
jugement les critiques amicales faites sur
ses propres romans.

Miss Edgeworth fut, à des degrés différents, liée avec presque tous les littérateurs
éminents de son époque, tels que Joanna
Baillie, l'amie de Bentham, chez qui elle sé-
journa quelque temps à Hampstead, Sidney
Smith, Dumont et Ricardo, à qui elle rendit
plusieurs fois visite à Gatcomb Park, dans
le Gloucestershire. Miss Austen lui envoya
Emma dès sa publication. Cet ouvrage fut
admiré par Maria Edgeworth, mais il ne
semble pas qu'elles aient eu de relations
personnelles.

Pendant la famine de 1846, Miss Edgeworth fit son possible pour adoucir les
souffrances des paysans. Quelques-uns de
ses admirateurs de Boston envoyèrent
cent cinquante barils de farine adressés à
« Miss Edgeworth pour ses pauvres ». Les
porteurs refusant d'être rémunérés, elle
envoya à chacun d'eux un cache-nez de
laine tricoté par elle.

La mort de son frère Francis en 1841 et

de sa sœur de prédilection Fanny en 1848
l'éprouvèrent durement, alors qu'elle était
déjà affaiblie par la maladie. Elle travailla
pourtant jusqu'à la fin, et en avril 1849 elle
put encore voir la publication de l'*Histoire*
de Macaulay dans laquelle il est question
d'elle d'une manière flatteuse, dans une
lettre enthousiaste d'un de ses vieux amis,
le Dr Holland. Elle mourut dans les bras de
sa belle-mère le 22 mai 1849.

Miss Edgeworth était de petite taille et
sans beauté. Il semble, d'après la description que fait d'elle Walter Scott, que sa
physionomie devait rendre fidèlement le
mélange de vivacité, de bon sens et d'amabilité qu'offrait son caractère. Personne n'a
eu de plus grandes affections de famille,
et peu de vies littéraires ont été aussi
utiles et aussi honorables.

Miss Edgeworth n'a pas la délicatesse
de touche de Miss Austen, ni l'imagination de Walter Scott, mais l'éclat de son

style, son observation pénétrante des caractères, la perspicacité et la vigueur de son jugement rendent ses romans toujours attrayants en dépit de quelques défauts.

Les ouvrages de Miss Edgeworth sont : 1º *Letters to Literary Ladies*, 1795. — 2º *Parent's Assistance*, 1ʳᵉ partie, 1796, publié en 6 volumes en 1800. *Little Plays* fut ensuite ajouté comme 7ᵉ volume. — 3º *Practical Education*, 1798. — 4º *Castle Rackrent*, 1800. — 5º *Early Lessons*, 1801. Une suite à *Harry and Lucy, Rosamond and Frank*, tirée d'*Early Lessons*, fut publiée de 1822 à 1825. — 6º *Belinda*, 1801. — 7º *Moral Tales*, 1801. — 8º *Irish Bulls*, 1802. — 9º *Popular Tales*, 1804. — 10º *Modern Griselda*, 1804. — 11º *Leonora*, 1806. — 12º *Tales from fashionable Life* (1ʳᵉ série : *Eunice, The Dun, Manœuvring, Almeria*), 1809 ; (2ᵉ série : *Vivian, The Absentee, Mᵐᵉ de Fleury, Emilie de Coulanges*), 1812. — 13º *Patronage*, 1814. — 14º *Harrington* et *Ormond*, 1817. *Harrington* fut réimprimé avec les *Thoughts on Bores*. — 15º *Comic Dramas*, 1817. — 16º *Memoirs of R. L. Edgeworth* (le second volume par Maria), 1820. — 17º *Helen*, 1834.

Ses ouvrages pour les enfants ont été réimprimés et traduits un grand nombre de fois. La première publication collective de ses œuvres en 14 volumes parut en 1825 et la suite en 1848 et 1856.

Le *Cornhill Magazin* de 1882 (XVII, 404, 526) et Miss Helena Zimmern dans *The Eminent Woman*, 1883, donnent des renseignements complets sur Miss Edgeworth, puisés dans des *Mémoires* inédits de sa belle-mère, dont un exemplaire est au British Museum. Voir aussi la *Vie de Walter Scott* par Lockhart, et les *Mémoires* de R. L. Edgeworth.

VOYAGE

EN

BELGIQUE ET EN FRANCE

1802-1803

A MISS SOPHIE RUXTON.

Bruxelles, 15 oct. 1802.

Nous avons admiré sur les remparts de Calais les pêcheuses avec leurs filets pittoresques. Généralement laides, elles ont d'ailleurs de belles jambes.

Nous nous mîmes ensuite en route pour

1

Gravelines au bruit d'un cliquetis de fouets impossible à oublier ! La torpeur et la solitude de Gravelines rappellent cette ville des contes arabes où tout le monde est changé en pierre. Les fortifications construites par Vauban, les lunes, les demi-lunes, les courtines, n'ont pas empêché les Français de traverser la ville de part en part.

Nous quittâmes Gravelines dans un équipage dont la Sagesse elle-même n'eût pu s'empêcher de rire. A notre voiture de Londres étaient attachés par de longs traits de corde, six chevaux flamands de hauteur différente ; chacun d'eux assez fort et assez gros pour traîner un wagon ! Les naseaux du premier se trouvaient à la distance de trente-cinq pieds de la voiture ; leurs sabots inégaux, leurs crinières incultes et leurs queues traînantes eurent pu plaire à Sir Charles Grandison lui-même. Ces animaux étaient absolument dépourvus de harnais, si ce n'est d'une courroie pour attacher la selle ; puis pour couronner le tout, les postillons juchés sur leur dos, avec des habits à longues basques, des bottes à genouillères et la pipe à la bouche.

Le pays n'est qu'une vaste plaine sans haies,

sans fossés, sans arbres. On n'y voit que des fermes couvertes en tuiles, toutes de même grandeur, de même aspect et à égale distance; enfin, tout ce qu'il est possible de trouver en fait de monotonie pour inviter un voyageur au sommeil. Seulement, le bruit et les cahots de la voiture sur ces routes pavées, mettent au défi Morphée et l'ennui de se mettre à l'unisson. Pour nous consoler, nous avions à lire un très amusant *Voyage dans les Pays-Bas* par M. Breton, et la charmante histoire de Mlle *de Clermont* dans les *Petits Romans* de Mme de Genlis. Je n'ai jamais lu un récit plus touchant et plus finement écrit.

Dunkerque est une ville laide et bruyante. Des charrettes bizarres la parcourent, conduites par des hommes d'aspect chétif, coiffés de chapeaux à cornes. Les volets des fenêtres donnant sur la rue sont transformés en enseignes, sur lesquelles sont peintes différentes marchandises. Une grande variété de ces marchandises, telles que chemises de femme, jupons, corsets, sont étalées par terre, sur les ponts et même dans les rues.

Le fameux bassin autour duquel se sont élevées tant de discussions, mérite pourtant peu d'attention. Voltaire s'étonnait que les Anglais et les Français soutinssent une guerre « *pour quelques arpents de neige* »; il aurait aussi bien pu les railler de se battre à propos d'un *bol!* Le *pont tournant* mérite d'être vu, et ceux qui ont de bonnes jambes et qui ont déjeuné font bien de grimper les deux cent soixante-quatre marches de la tour. Pendant que nous faisions cette ascension, l'horloge sonna et la fit vibrer tout entière. Nos oreilles et nos têtes ressentirent cette vibration d'une manière imposante certes, mais désagréable.

A Dunkerque, nous entrions dans ce que l'on appelait autrefois l'ancien Brabant. Tout, choses et gens, semble y être la reproduction de vieilles estampes ou de jouets hollandais; principalement les femmes avec leurs boucles d'oreilles et leurs colliers pendants qui ressemblent à des étiquettes de carafes, leurs corsages à tailles longues et à longs pans d'une couleur, adaptés à des jupes maintenues toutes raides d'une autre couleur. Même lorsqu'ils se meuvent, tous ces individus donnent l'illusion de jouets en bois manœuvrés par des ficelles. En Flandre, ces ficelles doivent certainement être en or! les Flamands semblent être un peuple tout à l'argent ; il se relève activement depuis la Révolution.

La route qui mène à Bruges, route de cinquante pieds de large, bien pavée au milieu, semble comme toutes les autres routes françaises et flamandes, avoir été tracée par quelque inflexible mathématicien : toujours en droite ligne, ce qui est le plus court chemin d'un point à un autre ! Les arbres plantés de chaque côté de ces interminables avenues, appartiennent à de très vilaines espèces et sont très laids de formes : ils offrent l'alternance de grands peupliers dépouillés jusqu'au sommet, comme le serait une plume d'oie, et de saules taillés en têtards. Le peuplier géant et le saule nain placés côte à côte, donnent l'idée du seigneur et du vassal.

Les postillons portent des insignes roulés autour du bras comme les enfants des écoles de charité. Ils sont nombreux, et leurs noms sont inscrits sur des registres, de sorte que s'ils se comportent mal, on peut formuler une plainte en regard de ces noms, ce qui les prive d'une pension à laquelle ils ont droit, après un certain nombre d'années de service.

Les postes aux chevaux sont bien souvent

situées dans des endroits solitaires et misérables. Je donnai un coup d'œil à l'une d'elles :
c'était un simple grenier du genre de celui
décrit par Smolett dans lequel on a caché
l'homme assassiné !

Dans une autre, nous vîmes une femme se
décorant du titre de *servante*, que nous prîmes
non seulement en aversion, mais qui encore
nous inspira de l'effroi. Charlotte disait qu'elle
craindrait qu'elle n'eût l'idée de lui couper la
gorge, en y mettant des raffinements, et ne prit
encore un maillet pour lui aplatir la tête! Vous
rappelez- vous cette femme dans « *Caleb Wil-
liams* », que celui-ci voit à côté de lui à son
réveil, soulevant une hachette? Notre *servante*
aurait pu poser pour ce tableau.

Bruges est une très vieille ville, d'aspect très
triste, qui semble avoir ressenti plus encore
que ses pareilles les effets de la Révolution.
Comme nous avions payé fort cher à l'hôtel
d'Angleterre à Dunkerque, mon père résolut
de descendre à Bruges à l'hôtel du Commerce,
vieille maison de construction bizarre qui a
servi autrefois de monastère. Le garçon, portant un trousseau de clefs dans la main, dont
chacune était munie d'une étiquette en étain,

nous dirigea à travers des galeries et des
galeries, des montées et des descentes, enfin
des détours de toute sorte jusqu'à notre chambre
à coucher. Il y en avait vingt-huit! Dieu merci,
nous ne les vîmes pas toutes! Je n'oublierai
jamais ce que je ressentis lorsque la porte de la
nôtre fut ouverte! elle était si grande et si sombre, que je pouvais à peine apercevoir le lit placé
au fond d'une alcôve et recouvert d'une cou-
verture piquée de couleur foncée. Je suis sûre
que Mrs Radcliffe aurait fait errer son héroïne
dans cette pièce pendant six bonnes pages.
Quand nous serons réunies, je raconterai à
Margaret la nuit que Charlotte et moi avons
passée dans cette chambre, les bruits de pas
que nous entendions au-dessus de nous! enfin
absolument une chambre et une nuit à souhait
pour lui plaire.

Le matin nous allâmes visiter l'*École centrale*.
Elle est établie dans un ancien monastère et la
chapelle qui y est attenante est remplie de
peintures provenant de tous les couvents,
églises et monastères qui ont été supprimés.
Bonaparte a restitué quelques-unes de ces
peintures aux églises auxquelles elles avaient
appartenu, mais celles de Rubens et de Raphaël

ont été envoyées à Paris, Au cabinet d'histoire
naturelle on peut voir le squelette et la peau
d'un homme qui a été guillotiné ; une peau
délicate et blanche comme vous n'en avez
jamais vu.

Les études nécessaires pour entrer dans ces
Écoles centrales sont à la fois trop vastes et
trop superficielles. On commence seulement à
y envoyer ses enfants. Le gouvernement
trouve qu'elles coûtent trop cher, et le nombre
doit en être diminué. Le bibliothécaire de cette
École centrale de Bruges est un Anglais, ou
plutôt il est de la Jamaïque et s'appelle
Edwards. Brian Edwards était son ami intime
et il connaît beaucoup Johnson le libraire,
ainsi que le Dr Atkin et M. et Mme Barbault.
M. Edwards et ses fils se sont souvent trouvés
chez Johnson avec Lovell et ils en parlent
toujours avec affection. Les deux fils ont passé
la soirée avec nous, et, ainsi que leur père, ils
nous ont accompagnés le lendemain matin
une partie du chemin pour nous rendre à
Gand. Nous prîmes la barque qui fait le service sur le canal, barque aussi élégante que
n'importe quel bateau de plaisance. Mon père
entretint les Edwards des conjectures aux-

quelles il se livrait dans les diligences d'après
la physionomie des gens. Le fils aîné se pique
de pouvoir connaître le caractère de quelqu'un
d'après son écriture. Il assura en voyant la
mienne qu'elle ne pouvait appartenir à une
femme ! Alors il s'en tira en disant que c'était
une écriture *virile.*

Nous avons eu une journée délicieuse.
Derrière nous la vue de Bruges décroissant à
nos yeux, n'offrait plus qu'un mélange de clo-
chers, de bateaux et de moulins à vent dont les
ailes gigantesques s'agitaient au-dessus des
arbres ; tout cela donnait l'idée d'un paysage
flamand, d'une peinture de Téniers ou d'une
gravure de Le Bas.

Nous avions sur notre bateau une agréable
société : le maire de Bruges et sa femme, une de
ses amies, femme du meilleur monde, et un
vieux *baron Triste* d'une famille comptant seize
quartiers de noblesse. Vous vous imaginez certainement ce maire de Bruges comme un personnage gros, lourd, solennel et suffisant. *Tout
au contraire* (1), notre maire était un homme
svelte, plein d'aisance, très lettré et de con-

(1) En français dans l'original.

versation intéressante. Madame était une belle
provinciale. M. Lerret, le maire, découvrit
que nous étions les **Edgeworth** dont parle
M. Pictet dans le *Journal Britannique*. Depuis
notre arrivée en France nous avons beaucoup
apprécié ce récit de M. Pictet ; car, dans toutes
les bibliothèques, dans toutes les écoles, on
reçoit le *Journal Britannique* ce qui nous a valu
beaucoup de politesses. Ce jour-là était un
dimanche, et lorsque nous arrivâmes à Gand,
les gens du peuple dans leurs habits de fête
étaient réunis selon la coutume sur les bords du
canal pour voir entrer le bateau. La scène était
très gaie. Le vieux baron de Triste, bien qu'il
n'eût pas dîné et qu'il eût, comme il disait,
« *une faim de diable* » (1), resta sur place, afin
de livrer bataille pour notre voiture et nos
malles contre une armée de douaniers.

Nous séjournâmes deux jours à Gand où
nous vîmes des peintures et des églises sans
nombre, et quelques belles toiles de ce Crayer
dont Rubens disait : « *Crayer, personne ne te
surpassera !* » N'ayez pas peur, ma chère Sophie,
je ne vais pas vous accabler de descriptions de

(1) En français dans l'original.

tableaux, ni vous parler de ce à quoi je n'entends rien ; mais, il m'est extrêmement agréable de voir de belles peintures en société de gens de goût et ne cherchant pas à faire d'effet.

A l'*École centrale* il y avait un spirituel petit bibliothécaire auquel nous eûmes l'obligation de pouvoir entrer dans la cathédrale *le soir*. Il faisait clair de lune et l'aspect était vraiment saisissant ; les lumières amorties de l'autel et nos ombres démesurées projetées sur les piliers ajoutaient à l'effet. L'huissier prit un des grands cierges pour nous faire examiner quelques monuments de marbre blanc sculptés d'une manière exquise. Il n'y avait aucun tableau, mais les murs étaient peints par le même procédé que celui de la chambre du *Speaker* au Temple, et par le maître qui l'enseigna à *de Gray*. Ce genre de peinture semble convenir spécialement aux églises, il s'harmonise avec les sculptures et les statues.

Je n'ai pas de place, ma chère amie, pour vous dire la moitié de ce que je voudrais. Mais d'ailleurs, quoi que je fasse, pourrais-je jamais arriver à tout vous raconter dans une lettre !

A Miss Charlotte Sneyd.

Chantilly, 29 oct. 1802.

Hier soir j'ai écrit à Sophie, pour lui dire ce
que nous avions fait jusqu'à Bruxelles, où nous
avons passé quelques jours très agréables. Cette
ville possède de très beaux monuments, de charmantes promenades et de pittoresques environs.
Place Royale se trouvent deux excellents hôtels :
l'hôtel d'Angleterre et l'hôtel de Flandre ; nous
sommes descendus dans ce dernier et nous avons
trouvé dans l'autre M. Chenevix et M. Knox.

Mon père pensait qu'il nous serait avantageux
de voir des peintures d'ordre secondaire avant
de contempler les œuvres des maîtres, afin
d'avoir des points de comparaison. Partant de
ce même principe, nous avons été aussi à deux
théâtres de province : ceux de Dunkerque et de
Bruxelles. Mais, malheureusement (je dis
malheureusement pour nos *principes*) nous
vîmes à Bruxelles deux des meilleurs acteurs
de Paris, M. et Mme Talma. On jouait *Andro-*
maque de Racine (imité en anglais sous le
nom de *la Mère affligée*). Mme Talma remplissait

le rôle d'Andromaque et son mari celui d'Oreste.
Tous les deux ont été admirables ! Je n'avais au-
paravant, aucune idée d'un jeu pareil, et mon
père qui a vu Garrick, Mrs Siddons, Yates et
Lekain, dit qu'il n'a jamais entendu quelqu'un
de supérieur à Mme Talma. Nous avions lu la
pièce le matin, excellente précaution, autrement la manière de déclamer en France étant
pour nous chose tout à fait nouvelle m'aurait
empêchée de comprendre. Seulement il y avait
une Hermione dont la diction était extrava-
gante, et dont la ceinture trop serrée faisait
haleter la poitrine comme le soufflet d'une cor-
nemuse, lorsque, pressant ses mains sur son
cœur, elle voulait exprimer quelque chose qui
avait l'intention d'être de la passion. Il y avait
aussi un pitoyable Pyrrhus et un vieux Phœnix
dont je pensais à tout moment voir tomber par
terre la perruque blanche !

Après cette belle tragédie, ce qui m'a le plus
amusée à Bruxelles, ce sont les chiens. Non
pas les petits chiens mignons, mais ceux qui
tirent des charrettes et de lourds fardeaux. Tous
les jours je voyais plusieurs de ces *traîneaux*.
Il y avait souvent jusqu'à quatre chiens harna-
chés de front et conduits comme des chevaux.

Je me souviens entre autres d'avoir vu un homme, debout sur un de ces véhicules; derrière lui étaient deux immenses mannes de moules, le tout traîné par quatre chiens. Une autre fois, je vis un petit garçon d'environ dix ans conduire quatre chiens attelés à une petite voiture, laquelle prit la nôtre en travers comme nous descendions une rue appelée Montagne-de-la-Cour, et cela, sans aucune crainte de nos quatre chevaux flamands.

La Montagne-de-la-Cour est un nom imposant, et vous vous imaginez peut-être qu'il indique une vraie *Montagne?* Mais vous savez, ma chère tante, que dans les Pays-Bas, comme du reste dans le comté de Langford, on donne le nom de montagnes à des taupinières. Toute la route de Calais à Gand est aussi unie et aussi droite que la route de Langford. Nous ne nous sommes jamais aperçus que nous arrivions à ce que les aubergistes et les postillons appellent des montagnes, autrement qu'en voyant ces postillons descendre de cheval et conduire ceux-ci à un pas de colimaçon, car un galop de colimaçon serait trop dire!

Pour un postillon français, cela n'a rien de commode de marcher! Ses bottes aussi hautes et aussi raides qu'une baratte en bois, le rendent aussi empêtré qu'un enfant enfermé dans son petit chariot pour faire ses premiers pas ; il va, se dandinant et traînant ces malheureuses bottes d'une manière tout à fait comique.

Nous avons quitté Bruxelles dimanche dernier (vous regardez dans votre portefeuille chère tante Mary, pour voir le quantième. Je vous vois chercher !). Le premier endroit remarquable où nous nous arrêtâmes fut Valenciennes, mais nous n'y vîmes que des maisons et des églises en ruines, résultat des guerres et des révolutions de l'Angleterre et de la France. Bien que Valenciennes soit célèbre pour sa dentelle, nous n'en avons pas acheté, nous rappelant que, tout fameux que soit Coventry pour ses rubans et Tawkesbury pour ses bas, on ne peut cependant avoir dans ces deux villes autre chose que de très vilains rubans et de très vilains bas ! En outre, nous ne sommes pas habiles à compter la monnaie flamande, qui est très différente de la monnaie française et assez compliquée pour rendre fous les sept Sages de la Grèce. Même les habitants ne peuvent y arriver sans se frotter le front, compter sur leurs doigts, et répéter : « Cela

fait, cela fait... » Pour ma part, j'y ai complètement renoncé, et j'ai résolu d'être trompée
s'il le faut, plutôt que de perdre la tête. Mais,
pour tout dire, les Flamands sont honnêtes,
autant que j'ai pu en juger. Ils iraient jusqu'au
dernier degré de la probité, pour une couronne
de Brabant, ou une demi-couronne, ou un
double escalin, ou un simple escalin, ou une
plaquette, ou une livre, ou un sou, ou un liard;
enfin, pour la plus petite de leur absurde monnaie. Je ne crois pas qu'ils franchissent les
bornes de cette probité, avec personne, *si ce
n'est* avec un Milord anglais ! ce sont des dupes
privilégiées. Une servante à l'hôtel de Dunkerque me disait : « *Ah! Madame, nous autres nous
aimons bien de voir rouler les Anglais* (1). »
Oui, parce qu'ils supposent que les Anglais
roulent sur l'or!

Vous allez maintenant venir avec moi à
Cambrai, célèbre par sa batiste et son arche-
vêque. Bonaparte a tant de respect pour
Fénelon, qu'il a assigné Cambrai au lieu de
Lille, qui était proposé, pour devenir le siège
de l'archevêché actuel. Nous avons vu la tête

(1) En français dans l'original.

de Fénelon conservée dans une église. Mais,
laissons l'archevêque pour la batiste. Notre
hôtesse de Cambrai en vendait, et ses *batistes*
semblaient absolument être sa raison d'exister.
Elle était, du reste, en dépit de la batiste et de
la dentelle de Valenciennes dont elle avait une
profusion sur son bonnet doublé de rose, sale
d'ailleurs, le plus affreux spécimen de l'espèce
féminine que j'aie jamais vu.

Nous avons été récompensés par une très
aimable famille qui tenait l'auberge de Roye,
et cela de père en fils, depuis cent cinquante
ans. Le propriétaire actuel et sa femme ont
environ soixante-huit et soixante-dix ans et
leur fille une vingtaine d'années. Cette dernière
est d'une apparence délicate, d'une grande
vivacité d'esprit et de mouvements. C'est elle
qui fait presque tout l'ouvrage de la maison,
et elle semble aimer *papa* et *maman* plus que
tout au monde, excepté cependant parler !
Mon père a émis une centaine de vœux à son
égard. D'abord, lui entendant faire un récit,
elle avait des gestes si appropriés, qu'il aurait
voulu la voir entrer au théâtre ; ensuite, lorsqu'elle servit le souper avec toute la prestesse et
la dextérité d'un arlequin, il aurait aimé qu'elle

2

fût mariée à Jack Langan, afin de lui voir tenir
la nouvelle auberge d'Edgeworthstown! Enfin,
son dernier souhait, et le plus pratique, était
qu'elle pût devenir votre femme de chambre ou
celle de ma tante Mary. Il pensait qu'elle vous
plairait particulièrement à toutes deux. Quant à
moi j'estime, qu'elle parle beaucoup trop pour
vous. D'ailleurs, son père et sa mère ne voudraient
pas s'en séparer pour le diamant de Pitt (1).

Nous avons visité aujourd'hui la résidence
du prince de Condé et d'une longue lignée de
princes célèbres par leur vertus et leurs talents,
le beau palais de Chantilly. Visite rendue plus
intéressante pour nous par la lecture que nous
venions de faire du charmant récit de Mme de
Genlis « Melle *de Clermont* ». Il se trouve dans
le premier volume des *Petits Romans*, et *Darcy*
(s'il n'est pas ivre), pourra avoir ceux-ci à
Dublin, chez *Archer*. Après avoir suivi pendant
une heure et demie une forêt sombre et touffue
dans laquelle Virginie aurait pu vivre à l'abri
des regards des mortels, nous débouchâmes en
plein air et en pleine campagne, et du sommet
d'une colline nous pûmes contempler une ma-

(1) Le diamant appelé « Le Régent ».

gnifique construction, ombragée de grands
bois. Je pensais que cela devait être le palais,
mais on m'a dit que ces bâtiments n'étaient
que les écuries de Chantilly. Hélas ! le palais
n'existe plus, il a été détruit pendant la Révolution. Les écuries furent épargnées grâce à
l'initiative du ministre de la guerre, deman-
dant qu'elles servissent d'écurie aux troupes;
elles sont maintenant affectées à cet usage.
En descendant de cette colline, nous pûmes
contempler avec mélancolie les ruines de cette
splendide demeure dont rien n'a subsisté que
les fondations en forme de voûtes sur lesquelles
elle était construite, et qui sont couvertes de
débris de pierres et de mortier !

Nous nous rendîmes au Manège construit
par le prince de Condé, un édifice princier !
Tandis que nous étions là, nous entendîmes
jouer de la flûte non loin de nous ; le mu-
sicien était, nous dit-on, un jeune chasseur
du pauvre prince de Condé. La personne qui
nous accompagnait était un homme d'aspect
attristé, d'environ soixante-dix ans, qui toute
sa vie a fait visiter les jardins et le palais de
Chantilly. Il a gagné et mis de côté quelques
centaines de livres pendant son service chez

le prince. Il n'a plus maintenant à montrer
que des ruines, et à raconter où étaient autrefois la chambre du prince et de la princesse,
et dans quels lieux se trouvaient les belles statues et les délicieuses promenades !

Nous n'avons eu qu'un seul jour de pluie
depuis que nous vous avons quittée. Si nous
avions eu à choisir notre temps nous-mêmes,
nous n'aurions pu l'avoir plus à souhait.

Presque tout le pays que nous avons traversé depuis Bruxelles était très beau, planté
de chaque côté de la route, ce qui est, vous
le savez, la manière de voir de mon père. Un
Anglais qui, parcourant cette contrée, estime-
rait qu'elle ne vaut pas la peine qu'on s'y arrête,
manquerait certainement de bonne foi.

Paris, rue de Lille, 31 oct. 1802.

Arrivés à trois heures, nous sommes, pour
quelques jours, ma chère tante, logés à l'hôtel
de Courlande.

C'est un hôtel magnifique situé sur une belle
place, appelée autrefois la place Louis XV,
ensuite place de la Révolution, et maintenant

place de la Concorde. La guillotine y a fonc-
tionné nuit et jour, et là moururent Louis XVI,
Marie-Antoinette, et Mme Roland ! En face de
nous sont la Seine et *La Lanterne* ; sur un
des côtés de cette place se trouvent les Champs-
Élysées.

A Miss Mary Sneyd.

Paris, rue de Lille, 31 oct. 1802.

J'en suis restée à l'hôtel de Courlande. Il
nous avait été dit que le coup d'œil de Paris
était très beau vu des hauteurs, ce qui est
effectivement. L'objet qui nous frappa tout
d'abord, fut le télégraphe en train de fonc-
tionner.

La première *voiture de remise* (en bon anglais
voiture à forfait) que nous prîmes, appartenait
à — à qui pensez-vous que cela puisse être ? —
Et bien ! à la princesse Élisabeth ! L'abbé
Edgeworth a probablement dû monter dans
cette même voiture avec elle ! Le propriétaire de
notre maison était un des Cent-Suisses gardes
du corps du roi. Nos appartements sont tous
au même étage.

Le lendemain de notre arrivée, M. Delessert, celui que M. Pictet appelait le Rumford français, nous invita à passer la soirée avec sa mère et ses sœurs. Nous nous y rendîmes et trouvâmes un intérieur charmant, une famille excellente, avec laquelle nous fûmes au bout de cinq minutes en parfaite communauté. Mme Delessert (1) la mère, âgée de soixante-dix ans, a les mêmes manières, le même genre d'esprit que ma tante Ruxton. Je n'ai pas besoin d'ajouter alors, combien elle me plut. Sa fille, Mme Gautier, qui a des yeux noirs magnifiques, est très aimable et très affectueuse. Elle est élégante, mais sans porter certains de ces vêtements à la mode avec lesquels les femmes semblent déshabillées. Et, à vrai dire, à moins qu'on ne le veuille bien, rien n'oblige à être ainsi, presque nue. Les Lettres de Rousseau *sur la Botanique* ont été écrites pour elle ; c'était un ami de la famille. Mme Gautier a deux charmants enfants de huit et dix ans, à l'éducation desquels elle consacre son temps et ses talents. Son second frère, François Delessert, d'environ vingt ans, a été presque entièrement élevé par elle ; il lui fait grand honneur, et, ce

(1) Il a été parlé de la bienfaisance de Mme Delessert dans un des contes de Berquin, *l'Ami des Enfants.*

qui vaut mieux, il l'aime extrêmement. Il semble
être le fils chéri de sa mère, « *François, mon
fils* » (1), dit-elle à chaque instant. Dans son
attitude et ses manières, il a quelque chose
d'Henri. Il a cette sorte de gaieté tranquille, ce
caractère ouvert, cette tenue modeste et distinguée qui plaît sans effort, et tout naturellement. Mme Gautier ne demeure pas à Paris,
elle a une maison de campagne à Passy, « le
Richmond de Paris », qui est à environ deux
milles de la ville. Elle nous invita à y aller une
journée, que nous passâmes très agréablement
avec M. Delessert père, un aimable vieillard,
le reste de la famille, puis Mme de Pastoret (2), femme lettrée et élégante, ayant quelque chose des manières de Mrs Sanderson ;
M. de Pastoret son mari, un diplomate ; lord
Henry Petty, fils de lord Lansdowne, avec
lequel mon père a beaucoup causé ; l'ambassadeur suisse, dont je ne me risque pas à ortho-
graphier le nom ; M. Dumont (3), un Suisse,

(1) En français dans l'original.
(2) Mme de Pastoret est la « Mme de Fleury » des
Contes de Miss Edgeworth. C'est elle qui, la première,
établit des salles d'asile en France.
(3) M. Pierre-Étienne-Louis Dumont, précepteur de
lord Henry Petty (par la suite le célèbre second marquis

voyageant avec lord Henry Petty, aimable et
gai : je regrette qu'il ait depuis quitté Paris.
M. d'Estaing, duquel je ne sais absolument rien ;
et, le dernier, mais non le moindre, l'abbé
Morellet (1) dont vous avez entendu parler
par mon père. Oh ! ma chère tante, combien
vous l'aimeriez ! Quant à nous, nous pouvons
l'aimer sans crainte, car il a près de quatre-
vingt-dix ans ! Mais il est impossible de le croire
aussi âgé quand on l'entend causer, ou qu'on
le voit aller et venir. Il a toute la vivacité, le
sentiment, l'esprit de la jeunesse, et de plus,
tout le bon ton que la jeunesse devrait avoir.
Sa conversation est charmante, rien de trop,
ni de trop peu. Le jugement, la gaieté, la science,
la raison sont réunis en lui à cette parfaite
connaissance du monde qui se mêle si bien,
mais si rarement à la science. Il nous invita à
un déjeuner qui eut lieu ce matin. J'aurais
voulu que vous fussiez avec nous, ma chère
tante, je sais que vous auriez été enchantée.

de Lansdowne) a traduit de Bentham le *Traité sur la
législation* et la *Théorie des peines et des récompenses.*
Il devint un ami intime de Miss Edgeworth, en même
temps qu'un critique très apprécié par elle.

(1) Auteur de plusieurs ouvrages sur l'économie politique et la statistique, né en 1727, mort en 1819.

Sa maison est si commode, si confortable, ses manières de voir si semblables à celles de mon père ! Il a une sœur qui demeure avec lui, Mme de Montigny, une aimable femme dont la fille a épousé Marmontel, mort il y a quelques années. Elle n'est malheureusement pas à Paris.

Mon père ne s'est servi qu'hier de ses lettres d'introduction, parce qu'il désirait que nous fussions tout d'abord maîtres de notre temps pour voir différentes choses avant d'être pris par le tourbillon du monde.

Nous avons visité *Versailles* et le *Petit Trianon.* — Tous ces lieux sont d'une mélancolique magnificence et nos pensées se reportèrent souvent sur l'infortunée reine ! Puis nous allâmes *au Louvre*, ou, comme on dit maintenant, *au Musée*, pour voir la célèbre galerie de peintures. J'étais charmée, mais très fatiguée de voir tant de tableaux, tous dignes d'admiration, mais tous placés dans une si mauvaise lumière que mon cou en était brisé et mes petits yeux douloureux, à force d'être tendus pour mieux voir.

Nous avons vu hier, avec beaucoup d'intérêt, ce qu'on appelle les « Monuments Français »; ce sont les statues et monuments élevés aux

grands hommes, rangés par ordre chronolo-
gique dans l'ancien monastère des Augustins.
Nous y vîmes le vieil Hugues Capet ayant le
nez cassé, le roi Pépin dont le temps a aplati
également le nez, Catherine de Médicis en
grande toilette, mais non en grande beauté, et
François Ier et le bon Henri IV, etc.

Nous sommes allés au Théâtre-Français et au
théâtre Feydeau, deux belles salles, infiniment mieux décorées que les salles de
théâtre anglaises. Le jeu est de beaucoup
supérieur dans la comédie. Dans la tragédie
il y a trop de matamores, trop d'extravagance
de diction et trop de poses académiques.

R. L. EDGEWORTH A MISS CHARLOTTE SNEYD.

Paris, 18 nov. 1802.

Maria vous a parlé de M. et Mme de Pastoret.
Dans la même maison, mais à un autre étage,
car ici des familles différentes ont des « appartements » (notez ce mot *appartement*) dans le
même immeuble, nous avons rencontré M. et

Mme Suard. M. Suard a la réputation d'être un des meilleurs critiques de Paris et il a été pendant plusieurs années, à la tête de différents journaux. A présent il dirige le *Publiciste*. C'est un sage, très compétent non seulement en ce qui concerne les livres, mais encore en ce qui concerne la politique et le rôle des hommes d'État des différents pays d'Europe. Mme Suard a dû être d'une grande beauté ; c'est *un bel esprit* (1) visant à l'originalité et à l'indépendance d'opinion. Le croiriez-vous? M. Day lui fit la cour il y a quelque trente ans! Elle est très aimable pour nous, et nous allons chez eux une fois par semaine. On y rencontre beaucoup de littérateurs, et Mme Suard trouve toujours quelque chose à dire à chacun d'eux. Chez Mme de Pastoret nous nous sommes trouvés avec M. de Gérando (2) et M. Camille Jordan (3). Ne confondez pas avec Camille de Jourdan l'assassin, ni Camille Desmoulins, un autre assassin, ni le général Jourdan, encore un autre assassin ! Non, c'est un jeune homme de

(1) En français dans l'original.
(2) Marie-Joseph de Gérando. Il écrivit sur l'éducation et la philosophie, 1772-1842.
(3) Orateur et homme d'État, 1771-1821.

manières agréables, de bon ton et très bien
renseigné sur tout. Il habite près de Paris avec
son Pylade, de Gérando, lequel est également
très au courant de toutes les nouvelles. Ce
dernier est marié à une petite femme d'intérieur, jolie et éveillée, qui nourrit elle-même
son enfant et apporte à cette occupation le plus
grand sérieux. Camille Jordan a écrit un
admirable et éloquent pamphlet à propos du
choix de Bonaparte comme premier Consul à
vie, pamphlet qui fut d'abord interdit, mais
le gouvernement eût la sagesse de se souvenir
que l'interdiction ne fait qu'exciter la curiosité.
Nous avons eu entre nous trois des entretiens
sur la métaphysique, dans lesquels nous avons
toujours évité les contestations et que nous
avons généralement terminés en parfait accord
d'opinion.

Nous avons été après rendez-vous pris, chez
Mᵐᵉ Campan, qui dirige la plus grande institution de France, afin d'y rencontrer Mᵐᵉ Récamier, cette beauté célèbre qui faillit être étouffée
autrefois à Londres! Quant à savoir si l'école et
la directrice, laquelle se pique de donner une
éducation pratique, nous plurent, je laisse à
Maria le soin de vous le dire. Il m'est plus

facile de vous donner une opinion sur Mme Récamier. Elle est certainement belle, bien que n'ayant rien de noble dans le maintien. Elle a été fort aimable.

M. de Prony (1) qui est ingénieur des ponts et chaussées — ingénieur civil — nous fut présenté par M. Watt. J'oubliais de vous parler de lui! Il vient de quitter Paris. M. de Prony nous montra des modèles et des machines qui auraient fait les délices de William. Nous avons fait également la connaissance de la nièce de l'abbé Morellet. Elle et son mari avaient fait plusieurs lieues pour nous voir! Nous nous sommes aussi trouvés avec Mme de Vergennes, Mme de Rémusat et Mme de Nansouty, toutes femmes charmantes et d'esprit distingué. Mme Lavoisier et la comtesse Massalska, le général Kosciusko, le prince Jablonski et la princesse Jablonska et deux autres princesses que j'abandonne à Maria! Quant à M. Edelcrantz, secrétaire particulier du roi de Suède, M. Eisenmann, un Allemand, M. Geofrat, Conservateur en Égypte des Rois de Chaldée et de sept ibis! M. de Montmorency, un grand nom!

(1) Gaspard-Clair-François-Marie Riche, baron de Prony, célèbre mathématicien, 1755-1839.

l'abbé Sicard qui dîne ici demain, M. Pang,
M. Bertrand, M. Milan, M. Dupont, M. Bareuil
le visionnaire, M. Bilsbury; je les laisse également à Maria et à Charlotte.

Mrs Edgeworth a Miss Maria Sneyd.

Paris, 21 nov. 1802.

Le récit de nos faits et gestes fait par
M. Edgeworth se terminait, je crois, jeudi
dernier. Vendredi, nous trouvâmes chez
Mme Récamier la beauté, la fortune, la mode,
le luxe, la foule enfin. Elle-même est une délicieuse femme, vivant entourée d'un groupe
d'adorateurs et de flatteurs, dans un milieu qui
réunit la richesse et le goût, l'art moderne
embelli par l'art ancien. Ce milieu est un mélange bizarre de commerçants et de poètes, de
philosophes et de parvenus ; d'Anglais, de
Français, de Portugais et de Brésiliens ! Nous
fûmes reçus par notre hôtesse avec la plus
grande amabilité, et, pour terminer la soirée
elle nous emmena à l'Opéra dans sa loge, où
en outre du plaisir de nous trouver dans la

société des femmes les plus à la mode, nous
pouvons dire que *nous fûmes vus* par Bonaparte qui était en face de nous dans une loge
grillée, d'où il pouvait voir, sans être aperçu
lui-même.

Samedi nous avons visité la magnifique salle
du Corps législatif, et nous avons passé le soir
quelques heures agréables dans la société de
Mme de Vergennes et de ses filles. Dimanche
nous avons été très heureux de rester à la maison. Dans la matinée du lundi, comme nous
allions sortir, on annonça M. Pictet. Nous
n'entendîmes d'abord pas bien son nom et nous
ne remîmes pas non plus tout de suite ses traits :
il est devenu si fort et paraît en si belle santé !
Il est pour nous aussi amical qu'il est possible
de l'être. J'espère qu'il a été bien persuadé du
plaisir qu'il nous a fait. Nous avons passé le
reste de la journée dans les galeries de peinture et y avons rencontré M. Rogers le poète,
et M. Abercrombie. Nous avons passé la soirée
avec M. Pictet chez sa sœur, une aimable
veuve très au courant de tout et qui a trois
filles. Le jeudi, visite à la Bibliothèque Nationale, où l'on nous a montré un grand nombre
de beaux camées, d'intailles, de médailles

grecques et romaines rapportées d'Égypte. Le
soir nous eûmes encore l'agréable société de
M. Pictet, de la charmante Mme de Pastoret qui
prirent le thé avec nous.

Hier, nous avons eu la bonne chance d'être
restés à la maison, ce qui nous a permis de
recevoir plusieurs visites de savants distingués,
dont la conversation pendant trois heures, a été
des plus animées et des plus instructives, touchant les sujets les plus divers. Comme je crois
que le plan de M. Edgeworth est de vous bom-
barder de noms propres, je vais vous énumérer
ceux de nos visiteurs : Edelcrantz un Suédois,
Molard, Eisenmann, Dupont et Pictet le jeune.

Après leur départ, nous fîmes une courte
apparition aux tableaux, et avons vu aussi la
salle du Tribunat et les appartements du
Consul aux Tuileries. Sur la table de toilette
étaient placés les bustes de Fox et de Nelson.

A notre retour nous avons eu la visite du bon
François Delessert, puis celle de l'individu qui
fit prisonnier Robespierre. Depuis, il a inventé
une pendule mise en mouvement par l'action
de l'air sur le mercure, semblable à celle que
M. Edgeworth inventa pour le roi d'Espagne.
Il nous raconta beaucoup de choses qui nous

ébahirent, beaucoup d'autres qui nous firent frissonner ; et beaucoup d'autres encore qui nous firent désirer ne plus le revoir.

Le soir, nous allâmes chez Mme Suard. Ne vous imaginez pas que toutes ces dames dont je vous parle soient veuves ! Elles ont leurs maris, et très souvent le mari *vaut mieux que la femme* (1). Nous trouvâmes chez Mme Suard le fameux comte Lally-Tollendal et le duc de Crillon. Ce matin Maria est allée avec les Pictet chez l'abbé Sicard, qui est sourd-muet.

M. Edgeworth n'a pas encore vu Bonaparte. Demain il va rendre ses devoirs à lord Whitworth en guise de préliminaire. N'est-ce pas une singulière coïncidence que lord Whitworth, le nouvel ambassadeur, ait amené à Paris les mêmes chevaux, la même femme et demeure dans la même maison que le dernier diplomate de ce genre accrédité en France il y a onze ans? Il a épousé la veuve du duc de Dorset, ambassadeur à Paris à cette époque.

Les scandales que l'on raconte en Angleterre sur le Consul et toute sa famille sont nombreux. Je n'y crois pas. Une dame me disait dernière-

(1) En français dans l'original.

ment : « *Il est vraiment extraordinaire qu'un jeune homme comme lui soit de mœurs si exemplaires, et d'ailleurs on ne s'attend pas qu'un homme soit fidèle à une femme qui est plus âgée que lui. Tellement plus âgée ! Il aime la soumission plus que la beauté, s'il lui dit de se coucher à huit heures, elle se couche, s'il faut se lever à deux heures, elle se lève ! C'est une bonne femme, elle a sauvé bien des vies* (1).

Maria vous a-t-elle dit que sa *Belinda* a été traduite en français par le jeune comte de Ségur ? C'est un charmant homme, appartenant à une des plus anciennes familles de France, et marié à une petite-fille du chancelier d'Aguesseau.

Beaucoup de gens vivent ici du produit de leur plume, ou de traductions de livres anglais et autres ; cependant les productions littéraires semblent être cotées à un prix très bas, tandis que le taux des choses nécessaires à la vie est très élevé. L'affluence des Anglais a, dit-on, fait doubler le prix des appartements et des objets de luxe.

(1) En français dans l'original.

MARIA EDGEWORTH A Mrs RUXTON.

Paris, 1er déc. 1802.

J'ai depuis quelque temps accumulé dans mon esprit tout ce que j'ai pensé devoir vous intéresser de ce que j'ai vu et entendu, de sorte qu'actuellement, ma petite tête en est si pleine, qu'il devient indispensable d'en faire sortir ce mélange sous peine de la faire éclater ! Tout ce que j'ai pu voir et entendre d'ailleurs, n'a servi qu'à m'attacher davantage à vous par le double effet de la ressemblance ou du contraste. Toute personne aimable vous rappelle à moi ; toute personne désagréable me fait dire : Quelle différence !

Je voudrais essayer de vous montrer, comme dans la lanterne magique du petit William, la diversité des personnes avec lesquelles nous nous sommes trouvés.

Chez Mme Delessert, il y a, et il y a toujours eu, une société des plus agréables et des plus choisies. Elle a le courage absolu de refuser de recevoir qui que ce soit dont elle n'approuve pas la manière d'agir. Tandis que dans d'autres

maisons, on trouve quelquefois une société sin-
gulièrement mélangée ! Pour vous faire mieux
apprécier Mme Delessert, je vous dirai qu'elle
a été la bienfaitrice de Rousseau ; il n'était,
paraît-il, bon ou heureux que dans sa société ;
c'est à sa bonté qu'il dut sa retraite en Suisse.
Elle est charitable avec noblesse, mais si ce
n'était par ses amis, on ne saurait jamais la
moitié du bien qu'elle fait. Un de ses actes de
bienfaisance est raconté dans Berquin, *l'Ami
des Enfants*, mais, ses propres enfants eux-
mêmes ne savent pas dans quel conte il est
inséré. Chaque jour aussi, nous apprécions
davantage sa fille, Mme Gautier.

Tournez le bouton de la lanterne magique.
A qui appartient cette tournure gracieuse,
alliant l'élégance de manières de la cour à la
simplicité des vertus domestiques ? A Mme de
Pastoret. C'est elle qui fut choisie comme gouvernante de la princesse sous *l'ancien régime*,
en opposition à la femme de Condorcet, et M. de
Pastoret obtint sur Condorcet un nombre supérieur de suffrages, nombre qui m'échappe,
lorsque le titre de précepteur du Dauphin fut
mis aux voix, au commencement de la Révolution. Tous deux s'expriment remarquablement

bien, chacun avec le genre d'éloquence qui lui sied. M. de Pastoret fut président de la première Assemblée et à la tête du conseil du roi. Les quatre autres ministres du conseil périrent ; il échappa à la mort par son courage. Quant à elle, le marquis de Chastelleux la définit ainsi : « *Elle n'a point d'expression sans grâce, et point de grâce sans expression* (1). »

Tournez la lanterne : Voici Mme et M. Suard. Monsieur est membre de l'Académie. Nous avons trouvé chez eux une excellente compagnie entre autres Lally-Tollendal dont le vrai nom de Mullalagh, est adouci par celui de Lally : il est, dit-on, l'homme le plus éloquent qui soit en France. Puis M. de Montmorency, digne de son grand nom.

Faites glisser le verre dans la lanterne : Voici venir Boissy d'Anglas. Une tête superbe ! Une tête comme vous pouvez vous imaginer que puisse en posséder un homme qui, par sa seule énergie, contint la fureur de l'Assemblée nationale lorsque la tête tranchée d'un de ses membres fut posée sur le bureau ! Maintenant, vous voyez Camille Jordan, plus éloquent

. (1) En français dans l'original.

la plume à la main que véritable orateur ; puis
M. de Prony, grand mathématicien dont vous
ne désirez sans doute rien savoir de plus, et,
cependant, vous le voudriez certainement si
vous l'entendiez causer.

Qui arrive à présent ? Mᵐᵉ Campan, directrice de la plus importante institution de Paris,
et chez laquelle fut élevée Mᵐᵉ Louis Bonaparte.
Pour se conformer aux principes de l'*Éducation
pratique* qu'elle enseigne, elle apprend à ses
élèves à se passer de domestiques. Elle nous
fit beaucoup de compliments. L'enseignement
du dessin est poussé, chez elle, à un degré
dont les pensions anglaises ne donnent nulle
idée ; elle m'a offert un dessin dans un cadre
doré que je vous montrerai. Chez Mᵐᵉ Campan, ainsi que mon père vous l'a dit, nous
vîmes la belle Mᵐᵉ Récamier, et nous nous
trouvâmes à dîner chez elle avec les poètes tra-
giques et comiques les plus en renom ; Charlotte
était assise à côté de l'homme possédant la plus
grande fortune de Paris. Nous allâmes à l'Opéra
avec Mᵐᵉ Récamier, qui produit une grande
sensation partout où elle paraît. Elle est certainement belle, très belle, mais il y a beaucoup
de mode dans l'enthousiasme qu'elle suscite.

Paris possède une princesse russe qui n'entre et sort de sa voiture, que portée par deux géants de valets de pied ! et un prince russe, si riche qu'il ne sait comment dépenser sa fortune ! Il demande des conseils à ce sujet, mais il ne semble jamais penser qu'il pourrait *l'abandonner* !

A présent, qui est-ce ? Kosciusko (1) guéri de ses blessures, simple dans ses manières comme les vrais grands hommes. Nous nous sommes trouvés avec lui chez une comtesse polonaise dont je ne saurais écrire le nom.

Ensuite ? M. de Leuze qui a traduit le *Botanic Garden* (2), aussi bien qu'il était possible de le faire dans la langue de Fénelon. Puis M. et Mme de Vindé qui possèdent une superbe galerie de tableaux et font entendre les meilleurs concerts de Paris. Ils ont aussi une bibliothèque de dix-huit mille volumes bien comptés et bien rangés ! Mais, ce qui chez eux me charma plus que les livres et les tableaux, fut leur petite fille de trois ans ressemblant à ma chère Fanny, portant des bas absolument semblables à ceux que ma tante Mary lui tricote

(1) Le patriote polonais, 1756-1817.
(2) *Jardin Botanique.*

et même des chaussons comme ceux qu'elle a l'habitude de porter. Elle s'est assise sur mes genoux, m'a caressée avec sa petite main douce en me regardant avec des yeux souriants et intelligents.

3 déc. — Me voici à la fin de la dernière page, et je n'ai rien dit d'Apollon, des Invalides, ni des Sourds-Muets! Que ferai-je? Je ne puis parler de tout à la fois, et pourtant quand je cause avec vous, tout arrive en foule à mon esprit.

Je viens d'être interrompue, ma chère tante, d'une manière qui vous surprendra autant que je l'ai été moi-même. M. Edelcrantz, dont nous vous avons déjà parlé, un Suédois, d'esprit distingué et de manières agréables, vient de venir: il m'a offert sa main et son cœur.

Mon cœur, vous pouvez le supposer, ne peut lui rendre cet attachement, car je ne l'ai vu que très peu et n'ai pu me former sur lui aucun jugement. Je sens seulement que rien ne peut me tenter quand il s'agit de quitter mes chers et vieux amis et mon pays, pour vivre en Suède.

C'est à vous, ma chère tante, que je l'écris tout de suite, car avec mon père et ma mère personne au monde n'éprouve plus d'intérêt que vous pour tout ce qui me concerne. Je n'ai pas

besoin de vous dire que mon père « actuellement comme par le passé » est la bonté même,
bonté plus grande que je ne le mérite, mais
dont, du moins, je lui suis reconnaissante.

A Miss Sophie Ruxton.

Paris, rue de Lille, n° 525, 8 déc. 1802.

Je tiens pour acquis, ma chère amie, que
vous avez pris connaissance d'une lettre que
j'ai écrite il y a quelques jours à ma tante.
A vous, comme à elle, je confie toutes mes
pensées. Je persiste à refuser de quitter mon
pays et mes amis, pour vivre à la cour de
Stockholm. M. Edelcrantz m'a dit (naturellement) qu'il n'y a rien qu'il ne sacrifiât pour
moi, si ce n'est son devoir. Il a été toute sa vie
au service du roi de Suède, il a des charges à
la cour, et est en ce moment, occupé à recueillir des renseignements pour une grande
organisation politique. Il estime qu'il est
engagé d'honneur à finir ce qu'il a entrepris.
Il ne craindrait pas, dit-il, le ridicule ou le
blâme que pourraient répandre sur lui ses
compatriotes en le voyant changer d'habitude

à son âge; mais, il se mépriserait lui-même de
subordonner le devoir à la passion. Cela est
bien raisonné! mais bien raisonné à son point
de vue seulement, non au mien. Je n'ai jamais
ressenti autre chose pour lui que de l'estime et
de la reconnaissance.

LETTRE DE Mrs EDGEWORTH (1).

Maria s'est abusée sur ses propres sentiments.
Elle a refusé M. Edelcrantz, mais elle éprou-
vait pour lui plus que de l'estime et de l'admiration. En réalité, elle l'aimait beaucoup. M. Edgeworth l'a laissée libre de tout décider par
elle-même; elle a senti trop vivement ce que
serait pour nous son départ et la tristesse
qu'elle éprouverait elle-même en nous quittant.
Sa décision a été parfaite pour notre bonheur
à venir et celui de la famille, mais elle en a
souffert beaucoup à cette époque et longtemps
après. Pendant notre séjour à Paris, je me
rappelle que dans un magasin où nous faisions

(1) Cette lettre de Mrs Edgeworth étant pour ainsi dire
la suite de la précédente a été insérée à cette place, bien
qu'ayant été écrite beaucoup plus tard. (*Note de l'Éd.*)

des emplettes Charlotte et moi, Maria était
assise à part, absorbée dans une rêverie si profonde que son père étant venu se placer debout
devant elle, elle ne l'aperçut pas et comme il
lui adressait la parole, elle tressaillit et fondit
en larmes. Peinée par le regard tendrement
anxieux de son père, elle s'efforça depuis lors,
de supporter les devoirs du monde, de faire ce
qui pouvait être agréable à tous, aussi bien
pendant notre séjour en France qu'après notre
retour; mais elle n'y parvint souvent qu'au prix
d'un bien pénible effort de volonté. Ce ne fut
même que longtemps après notre retour à
Edgeworthstown qu'elle recouvra sa vivacité
d'esprit. Elle possédait pourtant beaucoup d'empire sur elle-même, et portait son attention sur
tout ce que son père lui suggérait d'écrire. Cependant le roman de *Léonora* qu'elle commença
tout de suite après notre arrivée fut certainement inspiré par le désir de plaire au chevalier
Edelcrantz : écrit dans un style qu'il aimait, on
peut dire que la pensée de connaître le jugement
qu'il en porterait, perce à chaque page. Elle ne
sut jamais s'il avait lu cet ouvrage. Depuis notre
départ de Paris, il n'y eut plus aucun rapport
entre eux, et, en dehors du hasard qui nous

mit quelquefois en relation avec des voyageurs
ayant visité la Suède, où la mention du nom
de M. Edelcrantz dans les journaux quoti-
diens ou scientifiques, nous n'entendîmes plus
jamais parler de lui, après tout l'intérêt qu'il
lui avait porté ainsi qu'à nous-mêmes. Maria
en garda toute sa vie le souvenir le plus atten-
dri. Je ne pense cependant pas qu'elle ait
regretté sa décision. Elle se rendait compte
qu'elle n'aurait pu le rendre heureux, qu'elle
n'était pas faite pour la position qu'il occupait
à la cour de Stockholm, et peut-être aussi, que
son absence de beauté pouvait avec le temps
diminuer son affection. Il a peut-être été préfé-
rable qu'elle pensât ainsi, si cela a pu contribuer
à lui donner le calme de l'esprit ; mais, d'après
ce que j'ai pu juger de M. Edelcrantz, il était
capable de l'apprécier. Je crois qu'il lui était
très attaché et qu'il a été profondément mortifié
de son refus. Il a continué à demeurer en Suède
après la mort de son souverain, toujours très
apprécié pour son grand caractère et ses hautes
capacités. Il ne s'est jamais marié. Il était, à
part de beaux yeux, extrêmement laid. Maria fut
même beaucoup raillée par son père au sujet de
sa préférence pour un homme aussi peu avan-

tagé ; mais ce qu'elle aimait en lui, c'était sa physionomie expressive, son esprit, sa force de caractère et l'élévation de ses sentiments. La mention inattendue de son nom, ou même du nom de Suède dans un livre ou un journal, l'a toujours émotionnée assez pour que le reste de la page devînt une masse confuse à ses yeux et que sa voix s'altérât.

J'ai trouvé que c'était un devoir de dire ceci, parce que je sais que l'empire sur soi-même qu'elle a tâché d'inculquer dans ses ouvrages a été réellement expérimenté par elle, et que la fermeté avec laquelle elle s'est dévouée à son père et à sa famille, la persévérance qu'elle a mise dans ses travaux littéraires à enseigner ce qu'elle a supposé être le bien, n'était que la mise en œuvre de ses principes personnels les plus élevés. Ses préceptes n'étaient pas l'expression d'une froide prudence ; mais, ceux de sa propre expérience émanant d'un sentiment fort. Par quel hasard se fit-il qu'elle eût, longtemps avant de connaître le chevalier Edelcrantz, choisi la Suède pour le lieu du sujet *The Knapsack* (1) ? Je ne sais. Mais je

(1) « Le Sac » (d'une ville).

me rappelle l'admiration qu'il ressentit pour ce charmant petit morceau, et les beaux caractères qu'il renferme.

Charlotte Edgeworth a Mrs Charlotte Sneyd.

Rue de Lille, chez le citoyen Verber, 8 déc. 1802.

Ma chère tante Charlotte,

Le grand but d'une visite à Paris, est, vous le savez, de voir Bonaparte. La revue est passée, comme vous avez pu le lire dans les journaux, et mon père n'a pas parlé au grand homme. Non! il ne l'a pas voulu! Tous nos amis qui sont au loin, seront sans doute désappointés, mais on trouve ici que le refus de mon père de lui être présenté dénote de la fierté. Toutes les raisons à développer pour expliquer cette manière d'agir amèneront des discussions, ou, tout au moins, des sujets de conversation quand nous serons de retour.

Mme Suard trouve que les réunions les plus agréables sont celles où il y a peu de femmes. Si, en effet, elles ne devaient jamais être des femmes supérieures à Mme Suard, je n'hésiterais pas à donner mon assentiment à cette maxime, et je lirais avec plaisir le livre de Mᵐᵉ de Staël : *Le malheur d'être femme*. Si, au contraire, toutes les femmes étaient Mᵐᵉ de Pastoret, ou Mᵐᵉˢ Delessert et Gautier, je prendrais certainement le livre avec le désir de ne pas être convaincue.

Parmi les hommes qui ont été les plus ardents révolutionnaires, quelques-uns sont de grands érudits qui, tout détestés qu'ils soient par le plus grand nombre, n'en sont pas moins admirés pour leur génie et leur talent.

L'abbé Delille est un lecteur remarquable, de ses propres poésies surtout ; nous l'avons entendu, et il nous a beaucoup plu. Il est très âgé et presque aveugle. Sa femme, qu'il appelle « mon Antigone », est obligée de le guider.

Nous allons aussi souvent que possible comme vous pouvez le penser, visiter les galeries de peintures. Je remercie ma chère tante Mary d'avoir pensé au plaisir que j'aurais à voir la Vénus de Médicis. Elle n'est pas encore arrivée ; mais j'ai vu l'Apollon, qui a été pour moi une surprise. J'en avais déjà vu des gravures et plusieurs moulages. Mais je n'eusse pas cru que tant de différence pût exister entre une copie et l'original !

10 courant. — Je suis comme vous voyez, souvent interrompue. Je vais vous présenter notre société d'hier soir chez les Delessert.

Toutes les soirées ici commencent à neuf heures. Mme Edgeworth est annoncée. Salon très rempli, sans pourtant qu'on y soit trop pressé, pas mal de lumière et une assez grande chaleur. M. Delessert *père* est à une table de jeu, avec un monsieur qui est son partner et une dame âgée. Dans la pièce se trouve un coin plus animé, composé de Mme Delessert et de deux ou trois personnes. — Mme Delessert s'avance pour recevoir Mme Edgeworth et l'invite à s'asseoir près d'elle avec beaucoup d'amabilité. Mme Gautier est également très accueillante. Nous voici assises ; M. Benjamin Delessert vient s'incliner devant les dames. Mme Gautier, mon père et Maria forment un petit groupe. M. Pictet, neveu de notre cher Pictet, salue en disant quelques mots à chacun. « Mademoiselle Charlotte, me dit Mme Delessert, je parlais justement de vous. » Seulement !.. j'oublie présentement ce qu'elle en disait ! Entre Mme Grivel ; c'est une petite femme de mérite et de bonne humeur qui est la femme du partner

de M. Delessert. Puis arrive M. François Delessert avec un autre invité. La société se divise
et se renouvelle dès lors sans que je puisse
en suivre le mouvement, le jeune M. Pictet
étant venu s'asseoir entre ma mère et moi.
Nous avons eu une longue conversation ensemble, dans laquelle Mme Grivel plaçait souvent
son mot. On a parlé de tout et de tous, de notre
ami Pictet, de sa sœur Mlle Lullin et de leurs
mérites respectifs; de physique et de métaphysique; de l'harmonie et de l'étonnante puissance des accords en musique; du verre qui se
brise par la vibration, des rêves; de l'Espagne,
de ses habitudes, de son gouvernement. Le
jeune M. Pictet y a vécu. Les Espagnols, nous
dit-il, ne sont pas très industrieux, leurs
besoins étant facilement satisfaits.

Voici venir le thé et les gâteaux, des bonbons, du raisin, de la crème ; enfin tous les
biens de l'existence. La dame qui jouait aux
cartes vint s'asseoir à côté de moi et m'intéressa
très longtemps par une conversation sur...
devineriez-vous sur quoi? sur la politique et
l'état actuel de la France! M. François a récité
ensuite, très bien, quelques bons vers. Enfin,
on a ri et on s'est beaucoup amusé. Nous

4

avons dû partir, mais en le regrettant.

Je m'aperçois que je ne vous ai pas dit que nous avions assisté à la revue! Et cependant, nous avons pu voir là, un homme parcourant les rangs sur un cheval blanc, petit, pâle, très absorbé par ce qu'il faisait : c'était Bonaparte! et voilà tout ce que je peux dire de lui.

Maria Edgeworth a Miss Sophie Ruxton.

Paris, déc. 1802.

J'ajoute à la liste des personnes remarquables et agréables déjà citées, le comte et la comtesse de Ségur, père et mère de notre distingué traducteur (1). La comtesse est une belle grand'mère et lui un gentilhomme de vieille race, d'aimables manières et très lettré. Nommons aussi Malouet, l'habile conseiller du roi. Nous le vîmes hier; il a de beaux traits et des manières simples. Il causa très librement avec mon père, comme un homme qui ne craint pas de se *compromettre*. En général je ne trouve

(1) Le traducteur de *Belinda*.

pas, ici, cette prodigieuse peur de se compromettre qui rend fastidieuse, même à leurs admirateurs, la société de quelques hommes célèbres en Angleterre.

M. Palmer, le grand homme d'État qui a vécu d'assez longues années en Italie, est ici ; il est très irrité que les Français puissent jouir maintenant, sans bouger de Paris, de tous les tableaux et de toutes les statues qu'il a admirés autrefois. Le Louvre en est tellement rempli, à présent, que beaucoup sont placés à leur désavantage. Le Dominiquin, le favori de ma tante Ruxton n'est pas *visible* en ce moment. Plusieurs des plus belles peintures sont, comme on dit ici, *malades*, et les médecins sont en train de leur rendre la santé et la beauté. Puissent-ils ne pas les détériorer sous prétexte de les réparer! Ainsi un Raphaël, qui sort justement de l'hôpital, a les yeux d'un étrange bleu moderne! La *Transfiguration* est en convalescence, elle n'a pas encore paru aux yeux du public, mais nous avons été admis dans la chambre du malade. En ce moment la moitié de Paris se passionne au sujet d'une toile de Guérin, représentant *Phèdre et Hippolyte*, que l'on considère comme égale aux toiles de Raphaël.

De tous les monuments publics, que nous avons visités, ce sont les Invalides que j'ai préférés. La vue de ces drapeaux et de ces étendards portés dans les guerres anciennes ou conquis sur les nations étrangères est imposante. Ils représentent une longue suite de gloire qui doit éveiller l'ambition au cœur de la jeune génération militaire française. Il y avait là un petit garçon de neuf ans environ, qui avec son tuteur, contemplait le monument de Turenne, lequel a été placé avec beaucoup de goût. Il est isolé, et sur le sarcophage est gravé ce seul nom : Turenne. Mon père lia conversation avec ces personnes, et le tuteur lui dit qu'ils étaient venus pour voir un tableau représentant une action héroïque accomplie par un des ancêtres de l'enfant. Dans la bibliothèque de l'hôpital, nous vîmes un cercle de vieux soldats assis confortablement autour d'un poêle, et lisant. C'était un spectacle touchant. L'un d'eux, ayant perdu les deux mains, avait des crochets en fer ajustés aux poignets ; il était assis devant une table et lisait *Télémaque* en y portant une grande attention. Ces crochets lui servaient à tourner les pages.

Ma tante me demande ce que je pense de la société française ? Tout ce que j'en ai vu me

plaît, mais on nous dit partout que nous ne
voyons que la meilleure ; les hommes de
lettres et l'*ancienne noblesse* (1). Les *nouveaux
riches* (2) sont d'un genre tout différent, paraît-
il. Mon père a pu en voir quelques-uns chez
Mᵐᵉ Tallien (maintenant Mᵐᵉ Cabarrus) et en a
été dégoûté. Mᵐᵉ Récamier a tout à fait un
autre genre ; bien que femme très à la mode,
c'est une beauté gracieuse, *décente* (3) et d'excellente réputation. Mᵐᵉ de Souza, l'ambassa-
drice de Portugal, est une jolie et charmante
femme, auteur d'*Adèle de Senanges*, qu'elle écrivit en Angleterre. Ses amis parlent toujours de
ses titres comme auteur, avant même de parler
de ses autres mérites. Je l'ai trouvée charmante,
et cela sans savoir qu'elle avait fait à Mᵐᵉ Lavoisier un chaleureux éloge de *Belinda*.

Je n'ai, depuis notre arrivée à Paris, jamais
entendu parler chiffons ou mode et très peu de
scandale. La médisance ne trouverait ici aucun
aliment. La conversation porte surtout sur les
nouvelles *petites pièces* (4) et petits romans

(1) En français dans l'original.
(2) *Ibid.*
(3) *Ibid.*
(4) *Ibid.*

qui surgissent chaque jour. On en parle pendant quelque temps avec autant d'ardeur que l'on se passionne ailleurs pour une nouvelle mode. La critique a aussi une grande importance (1).

Nous avons assisté avant-hier à la grande revue, bien placés à une fenêtre donnant cour du Louvre et place du Carrousel. Bonaparte passait devant les rangs, monté sur un très beau cheval blanc espagnol ; il retira son chapeau pour saluer plusieurs généraux, ce qui nous permit de voir très bien son visage pâle, maigre et triste. Il est très petit, mais tout à fait à son avantage à cheval. Il y avait là environ dix mille hommes de troupes, de tenue superbe, bien équipés, et parmi eux beaucoup étaient bien montés. Tous les yeux étaient dirigés vers les vainqueurs de Marengo.

M. Knox, qui a été reçu par le Premier Consul et a pu assister à différentes présentations, nous a raconté quelle cohue formait tout ce monde entassé dans une très petite pièce. Bonaparte s'adresse plus volontiers aux officiers qu'à toute autre personne et affecte spéciale-

(1) En français dans l'original.

ment d'être aimable pour les officiers anglais.
Ainsi il leur a dit : « *L'Angleterre est une grande*
nation, aussi bien que la France, il faut que
nous soyons amis (1) ! » Mais les paroles des
grands hommes, de même que les rêves des
simples mortels, doivent être quelquefois inter-
prétées dans le sens opposé !

A Miss Mary Sneyd

> *Siècle réparateur* (2), ainsi que
> Monge l'a baptisé.

Paris, 10 janv. 1803.

Je vais vous faire un récit de notre journée
d'hier. Je sais que vous aimez cela. Après nous
être levées, avoir mis nos bas, nos bottines, nos
robes de batiste, qui sont ici en grande faveur,
nos palatines et nos socques fourrés (que
Dieu bénisse mes tantes pour ces socques !) nous
étions en voiture à neuf heures pour aller chez
l'excellent abbé Morellet, chez qui nous étions

(1) En français dans l'original.
(2) *Ibid.*

tous invités à déjeuner, afin de nous trouver
avec Mᵐᵉ d'Houdetot, l'amie de Rousseau, l'ins-
piratrice de la création de Julie. Julie, maintenant âgée de soixante-douze ans, nous apparut
sous les traits d'une femme fluette, coiffée d'un
chapeau noir. A première vue, elle m'a semblé
affreusement laide ! Elle louche tellement que
l'on ne sait jamais de quel côté elle regarde ;
mais elle n'eut pas plus tôt parlé qu'elle
m'eut conquise, et dès que je fus assise à côté
d'elle, je découvris dans sa physionomie une
expression de bienveillance et d'amabilité. Sa
conversation invite à la confiance et ne peut
manquer de l'obtenir. Elle paraît aussi gaie et
aussi en dehors qu'une jeune fille de quinze ans ;
il a d'ailleurs été dit d'elle que non seulement
elle ne fit jamais aucun mal, mais qu'elle ne le
soupçonna même jamais. Mᵐᵉ d'Houdetot possède ce don inappréciable de saisir le bon côté
de chaque chose, don que lord Kames disait
préférer à tous ceux qui sont distribués par
la reine des Fées. Malgré de grands chagrins
elle sait encore se rendre heureuse et rendre
heureux ses amis. Même pendant les horreurs
de la Révolution, si elle trouvait sur son chemin une fleur, un papillon, un parfum agréable,

une belle couleur, elle leur donnait son attention, suspendant pendant un instant les sentiments douloureux, et cela, non par frivolité,
mais par pure philosophie. Personne n'a mis
plus d'énergie au service de ses amis. Je subis
près d'elle le charme d'un heureux caractère, de manières douces et attrayantes, de
l'enthousiasme que l'âge ne peut éteindre, et
qui, sans se consumer, peut quelquefois se répandre sur des objets de peu d'importance, mais
jamais sur des inutilités. Je désire vivement être
ainsi à soixante-douze ans ! Elle me disait que,
tandis que Rousseau écrivait des choses si déli-
cates sur l'éducation, tout en laissant ses propres enfants aux Enfants-Trouvés, il plaidait sa
cause avec tant d'éloquence que ceux mêmes
qui le blâmaient ne trouvaient rien à lui répondre. Un jour à dîner, chez Mme d'Houdetot,
il y avait une belle pyramide de fruits. Rousseau en se servant prit la pêche qui en formait
la base, et tout le reste s'écroula. « Rousseau, lui
dit-elle, voilà ce que vous faites avec toutes nos
organisations sociales, vous jetez tout par terre
d'un simple geste ; mais, qui rebâtira ce que
vous détruisez ? » Je demandai à Mme d'Houdetot
s'il s'était montré reconnaissant pour toutes

les bontés dont il avait été entouré. « Non, me
dit-elle, c'était un ingrat ! Il avait mille défauts,
mais j'en détournais les yeux pour les porter
uniquement sur son génie et sur le bien qu'il
avait fait à l'humanité. »

Après un excellent déjeuner composé de thé,
de chocolat, de café, de gâteaux au beurre et
de gâteaux secs, agrémenté d'une conversation
charmante et de bonne humeur, vint M. Chéron,
le mari de la nièce de l'abbé Morellet, qui traduit actuellement *Early Lessons*, plaçant le
français d'un côté et l'anglais de l'autre. Didot
a entrepris de publier le *Rational Primer*, qui
est apprécié ici pour l'enseignement de la véritable prononciation anglaise.

Nous sommes allés ensuite à une conférence
sur la sténographie, où nous avons rencontré
M. Chenevix qui revint dîner avec nous et resta
jusqu'à neuf heures à nous parler du *bélier de
Montgolfier* (1), dont le but est d'arriver à permettre d'élever l'eau jusqu'à une grande hauteur. Nous avons pu voir cette nouveauté, ainsi
que l'inventeur, un homme dans le genre de
M. Watt, mais qui ne l'égale pas en génie ! Il

(1) En français dans l'original.

avait reçu de M. de la Poype une lettre écrite par mon père il y a quelques années, à propos de la manière de diriger les ballons, et, autant qu'il en pouvait juger, il pensait que cela pourrait réussir.

Nous avons été avec Mme Récamier et la princesse russe Dolgorouki chez La Harpe pour lui entendre réciter des vers dont il est l'auteur. Il demeure dans une maison d'aspect misérable. Il fallut monter et traverser nombre d'escaliers et de couloirs sales, et je me demandais comment l'odorat et les traînes de robe des femmes élégantes qui s'y rendaient pouvaient s'en accommoder ! Nous fûmes reçus dans un petit trou sombre par le philosophe ou pour mieux dire par le dévot, car il repousse dédaigneusement le titre de philosophe. Il était vêtu d'une sale robe de chambre rougeâtre, coiffé d'un bonnet de nuit également très sale, retenu autour de la tête par un ruban de couleur chocolat, superlativement sale ! La belle, l'élégante Mme Récamier, habillée en satin blanc garni de fourrure, s'assit sur le bras de son fauteuil et le pria instamment de déclamer ses vers. Charlotte a pris un croquis de la scène ! Nous avons trouvé chez La Harpe, lady Elizabeth Foster et lady Bessborough, toutes deux très agréables.

Nous avons été, il y a quelques jours, à un *bal d'enfants* (1). Ces mots vous donnent certainement l'idée d'un « bal pour les enfants ». C'est ce que nous pensâmes, jusqu'à ce que nous ayons été remis dans le droit chemin par les gens instruits en cette matière. Il n'y avait pas un seul enfant au bal mais seulement une demi-douzaine de jeunes filles : cela est en somme, un bal donné à des enfants d'âge à aller dans le monde. Charlotte y fut très à son avantage, et très admirée pour son maintien et la simplicité de ses manières. Elle a dansé une contredanse anglaise avec M. de Crillon, fils du duc de Gibraltar.

Aujourd'hui nous sommes restées pour avoir le temps d'écrire...; mais, treize visites, sans compter la blanchisseuse, nous ont empêchées d'accomplir ce grand et agréable dessein.

MISS CHARLOTTE EDGEWORTH A C. S. EDGEWORTH.

Paris, 10 fév. 1803.

Hier nous avons assisté à la consécration d'un évêque à Notre-Dame, et j'ai pu supporter,

_____

(1) En français dans l'original.

avec beaucoup de satisfaction pendant trois
heures, un grand froid et une cérémonie ridicu-
lement solennelle grâce à une musique qui
m'a captivée. Comment est-il possible d'arriver à émettre des sons aussi délicats!
L'alternance de la voix avec l'orgue ou leur
mélange, le faible et lointain murmure des
prières, tout enfin se fondait dans une harmonie telle, qu'elle semblait provenir d'accords
très éloignés, très doux, augmentant petit à
petit de sonorité et s'élevant, s'élevant, s'élevant
pour finir par s'éteindre lentement et de
nouveau dans un lointain insaisissable. Il y avait
un chanteur dont la voix était si forte, si pleine
et si pure, qu'elle semblait réunir la voix de
trois hommes. L'église est très belle; nous
étions placés de manière à voir au-dessous de
nous toute la cérémonie. La solennité avec
laquelle ces prêtres marchent, leur costume
identique, et, en même temps différent de celui
de tout le monde, en font une classe à part. La
cérémonie nous parut surtout ridicule parce
que, de la distance où nous étions, il nous était
impossible d'entendre un seul mot à cause de la
vastité de l'église; de sorte que nous avions
seulement la vue de l'évêque qu'on habillait,

qu'on déshabillait ou qui se couchait par terre !
L'archevêque de Paris, qui officiait, est un
homme d'environ quatre-vingts ans ; cependant
il a eu la force de supporter la fatigue de trois
heures d'une semblable solennité, et cela par
un grand froid : chaque acte a été accompli par
lui avec autant de précision qu'un homme de
cinquante ans aurait pu le faire ; il n'y a qu'une
seule chose dont il se soit abstenu, c'est d'accompagner les autres évêques, en procession autour
de l'église, la croix les précédant. On nous a dit
que, quelquefois, après avoir supporté de semblables fatigues, il charmait, une heure après,
toute une société pendant un dîner par sa
conversation gaie et spirituelle. Ce prélat n'est
pas un lettré, mais il a une grande connaissance du monde. Il y avait là environ soixante
prêtres qui tous étaient de beaux hommes, remarquablement grands, quelques-uns d'aspect
très vénérable. Il nous semblait extraordinaire
qu'il ne s'en trouvât pas un parmi eux qui fût
petit ou de chétive apparence, leur recrute-
ment ne s'opérant pas comme celui des soldats,
choisis pour leur stature et venant de tous les
points de la France. Je crois qu'il y a une bien
plus grande variété dans la taille parmi les

Français que parmi nous. Si tous les gens qui se promènent dans la rue d'Edgeworthstown le dimanche étaient des Français, vous en remarqueriez dix de petite taille pour un seul que vous pouvez y voir, et dix autres remarquablement grands. Je crois aussi qu'il y a plus d'hommes de haute stature en Irlande qu'en Angleterre.

Pendant que je vous écris, Maria est en train de composer un conte (1), assise à une petite table près du feu ; selon sa coutume, elle tient sa plume dans sa main sans bouger pendant près d'une demi-heure, puis soudain se met à écrire très rapidement. Mon père a l'intention de présenter sa *serrure* accompagnée d'un rapport à la *Société pour l'encouragement des Arts et Métiers* (2) dont il est membre. Je suppose que vous avez vu dans les journaux que l'ancienne Académie est reformée sous le nom d'Institut.

(1) Miss Edgeworth écrivait une esquisse pour l'*Histoire de Mᵐᵉ de Fleury*, qui ne fut terminée que longtemps après. L'incident des enfants enfermés à clef lui fut raconté par Mᵐᵉ de Pastoret, à qui cela était arrivé, et Maria emprunta le nom de Fleury à la maison de campagne de Mᵐᵉ de Pastoret appelée le château de Fleury.

(2) En français dans l'original.

Mʳˢ Edgeworth a Mʳˢ Mary Sneyd.

Paris, 22 fév. 1803.

La toux dont vous parlez a été épidémique
ici. Le thermomètre marquait 9° le matin
du 15, et le lendemain 40 (1)! il a fait ensuite
le plus beau temps du monde. Les rues ont été
si bien lavées par la pluie et si bien grattées par
les boueurs, qu'elles sont sèches et propres
comme elles ne l'ont pas été depuis octobre. Cela
est fort heureux, étant donné l'encombrement
provoqué par le carnaval. Beaucoup de gens sont
masqués, d'autres sont déguisés en apothicaires,
en vieilles femmes, en arlequins, en chevaliers
errants, et suivis par des centaines et des milliers
d'hommes, de femmes et d'enfants auxquels ils
disent tout ce qui leur passe par la tête ; en
général ce sont des plaisanteries dépourvues
d'esprit.

Jeudi dernier, le *jeudi gras*, nous avions dîné
à deux heures, pour être à Saint-Germain à six,

_____

(1) D'après le thermomètre Fahrenheit.

chez Mᵐᵉ Campan qui nous avait invités à entendre ses élèves jouer quelques pièces. La petite
salle était déjà pleine lorsque nous y arrivâmes.
Nous restions adossés près de la porte lorsque
Mᵐᵉ Campan s'écria de loin : « *Placez Mᵐᵉ Edgeworth, faites monter Madame et sa compagnie* (1). » Ce qui fit que nous fûmes très bien
placés aux galeries, près d'une princesse polonaise et de quelques-unes de ses compatriotes, toutes jolies et distinguées. La foule
augmenta et il y eut bientôt beaucoup plus de
monde que la salle n'en pouvait contenir. La
célèbre Mᵐᵉ Visconti et lady Yarmouth vinrent
s'asseoir derrière nous. Non loin de nous se trouvaient aussi lady Elizabeth Foster et lady Bessborough. En bas il y avait un grand nombre d'Anglais, la duchesse de Gordon avec sa fille, lady
Georgiana, une grande beauté; Mᵐᵉ Louis Bonaparte, une des *élèves* de Mᵐᵉ Campan, était la
française présente la plus remarquable. La tragédie d'*Esther*, dont les chœurs étaient compo-
sés de jeunes filles charmantes, fut parfaitement
jouée et la petite pièce, *la Rosière de Salency*, le
fut mieux encore. Vous savez que c'est une

(1) En français dans l'original.

pièce charmante et si touchante qu'elle tire les
larmes de tous les yeux.

Lettre de Mrs Edgeworth.

Au moment où cette lettre a été écrite, il
s'élevait de sérieuses rumeurs sur la possibilité
d'une guerre avec l'Angleterre. M. Edgeworth
s'informa auprès de quelques amis, qui lui répondirent en témoignant la crainte de voir ces
bruits se réaliser. M. Edgeworth prit la décision
de partir immédiatement et nous commençâmes
à faire nos préparatifs. D'autres amis, pourtant, furent d'un avis opposé. D'un autre côté,
nous désirions quitter Paris à cause du mauvais
état de santé de Henry Edgeworth, son entou-
rage nous écrivant d'Édimbourg pour nous
presser d'aller le voir. De meilleures nouvelles
de lui, l'espoir que ce bruit de guerre n'était
pas fondé nous firent tout laisser en suspens.
M. Le Breton vint, et nous dit qu'il se faisait fort d'être fixé, avant la fin de la journée, sur les intentions belliqueuses de Bonaparte, et que, comme il devait rencontrer
le soir même M. Edgeworth chez un ami

commun, il lui ferait savoir si la guerre était
imminente par la manière précipitée dont il
prendrait son chapeau ! Il ne pouvait plus
revenir nous voir, et craignait, en écrivant, que
sa lettre ne fût interceptée ; dire quelque chose
de vive voix lui semblait encore plus dangereux.
M. Edgeworth se rendit chez cet ami et vit M. Le
Breton mettre subitement son chapeau ; à son
retour il nous dit qu'il fallait partir.

Nous passâmes le lendemain à prendre congé
de nos excellents amis, que nous quittions avec
tant de regret ! et qui, eux-mêmes, nous expri-
maient si aimablement les leurs, quelques-uns
doutant fort de la possibilité d'une guerre, que
M. Edgeworth leur promit si à son arrivée à
Londres il entendait parler de paix, de revenir
et de ramener d'Irlande le reste de la famille
pour résider ici pendant une année.

MARIA EDGEWORTH A MISS MARIA SNEYD.

Calais, 4 mars 1803.

**Nous avons fini, ma chère tante Mary, par
quitter Paris ! Peut-être serons-nous retenus ici**

quelques jours à cause du vent qui est tout à fait
contraire. Mais nous n'avons aucune raison de
nous désoler, étant dans l'excellente maison de
Grandsire, et possédant assez de livres et de sou-
venirs pour nous occuper l'esprit. Nos pensées
se reportent sur les amis que nous avons quittés
et sur ceux que nous allons revoir. Peu de gens
en ce monde en ont autant que nous! Quand
je pense à la bienveillance dont nous avons
été entourés à l'étranger, et à l'affection qui
nous attend, je crains de ne pouvoir jamais
arriver à mériter assez ce bonheur.

Charlotte est parfaitement bien. Je crois
qu'il n'y a pas de jeune femme qui ait été plus
admirée à Paris qu'elle ne l'a été : aucune, que
cette admiration ait moins gâtée.

                                    Douvres, 6 mars.

Nous allons tous bien, et sommes tous contents ; nous venons de débarquer après une
belle traversée de six heures.

LETTRE DE Mrs EDGEWORTH.

A notre arrivée à Londres, nous trouvâmes la lettre attendue de M. Le Breton. Il avait été convenu que, si on était à la paix, il terminerait sa lettre par les mots : « Mes hommages à la charmante Mlle Charlotte » ; si c'était la guerre, le mot charmante serait omis. Sa lettre ne faisait pas la moindre allusion à la politique, mais se terminait par : « Mes hommages à Mlle Charlotte. » Alors nous partîmes pour Édimbourg (1).

MARIA EDGEWORTH A MISS MARY SNEYD.

Édimbourg, 19 mars 1803.

Nous sommes arrivés à Édimbourg tous les quatre en parfaite santé, et je ne saurais mieux

(1) Dès les premiers bruits de guerre, alors qu'il était encore en France, M. Edgeworth avait écrit à son fils Lovell, en route pour venir de Genève à Paris, mais ce dernier ne reçut jamais la lettre ; il fut arrêté, fait prisonnier et gardé comme tel pendant onze ans, jusqu'à la guerre de 1814.

m'occuper qu'en vous faisant retourner en arrière pour vous raconter notre dernière semaine à Paris. Les deux choses les plus intéressantes que nous ayons faites furent la comédie chez Mme Campan et la visite à Mme de Genlis. La salle de spectacle de Mme Campan n'est pas plus grande que la nôtre ; les costumes défiaient toute description par leur magnificence. Le jeu et la danse sont, à mon sens, infiniment trop perfectionnés pour des jeunes filles autres que celles qui se destinent au théâtre. On jouait *Esther* de Racine, et cela m'intéressa beaucoup de lire le lendemain le récit que Mme de Sévigné fait de la même représentation par les élèves de Saint-Cyr sous le patronage de Mme de Maintenon. On joua ensuite la jolie pièce de Mme de Genlis, *la Rosière de Salency*. La scène où la mère dénonce sa fille et la repousse, était si admirablement écrite et si admirablement jouée, qu'oubliant le théâtre, les acteurs, les spectateurs, je me figurai que tout cela était réel !

Tout au plaisir que m'avait fait *la Rosière de Salency*, j'étais impatiente d'aller voir Mme de Genlis. Quelques jours après, nous dînions chez M. et Mme Scott en compagnie d'une réunion d'hommes assez insignifiante. Après le

dîner mon père, me prenant à l'écart, me dit :
« Allons maintenant chez Mme de Genlis. » Elle
avait écrit pour nous dire qu'elle serait heureuse de faire la connaissance personnelle de
M. et de Miss Edgeworth.

Où pensez-vous qu'elle demeure ? A l'Arsenal, autrefois habité par Sully. Bonaparte lui
a donné là des appartements. Je ne sais pas ce
que vous vous êtes imaginé en lisant les
Mémoires de Sully, mais moi j'avais toujours
pensé que l'Arsenal était un vaste bâtiment
ayant une façade comme peut en avoir un hôtel
ou un palais, et je pensais aussi qu'il était
placé au cœur de Paris. Au contraire,
l'Arsenal est situé dans les faubourgs. Nous
allions et allions toujours ! Enfin, nous arrivâmes devant une lourde porte cintrée semblable à celles que l'on voit à l'entrée des
villes fortifiées. Notre voiture pénétra sous
cette voûte, et nous fûmes pendant quelques
minutes dans une complète obscurité. Enfin,
autant que la lumière de quelques lampes
fumeuses nous permettait de le voir, nous étions
arrivés dans une grande cour carrée entourée
de bâtiments. Là, nous pensions mettre pied à
terre ; nullement ! Le cocher traversa une autre

voûte profonde, toujours éclairée par une seule
lampe. Nous étions dans une nouvelle cour et
nous allions toujours, de voûte en voûte, de cour
en cour, dans lesquelles régnait le silence le plus
profond. Je pensais ne jamais voir la fin de tout
cela, lorsque le cocher s'arrêta et demanda pour
la dixième fois où demeurait cette dame. Il est
extrêmement difficile de se renseigner à Paris.
Nous avions pensé que le nom de Mme de Genlis
et celui de l'Arsenal devaient suffire à tout ;
mais l'Arsenal est formé de cet ensemble même
de cours, de grilles et de maisons. Des centaines et des centaines de gens y habitent sans
connaître le moins du monde Mme de Genlis.
A la porte où le cocher s'arrêta pour s'enquérir,
les uns répondirent qu'ils ne connaissaient pas
cette dame ; d'autres, qu'elle vivait faubourg
Saint-Germain ; d'autres pensaient qu'elle habitait Passy ; d'autres enfin avaient entendu dire
que des appartements lui avaient été donnés
quelque part dans l'Arsenal par le gouvernement, mais ils ne pouvaient dire où. Pendant que
le cocher se renseignait, nous le suivions des
yeux anxieusement du milieu de la grande cour
où notre voiture était restée, tâchant d'entendre
les réponses qui, en raison de la distance, nous

échappaient souvent. Enfin, une porte rapprochée s'ouvrit ; la tête et le chapeau de notre
cocher furent mis en lumière ; deux personnes
se quittaient et nous pûmes très bien voir leur
physionomie et le mouvement de leurs lèvres.
Le résultat des pourparlers qui suivirent fut
plein de succès : nous fûmes conduits vers la
maison habitée par Mme de Genlis et pensions
enfin toute difficulté terminée. Mais non ! il
fallait encore trouver ses appartements. Nous
étions devant un grand escalier en pierre, déla-
bré et tortueux, éclairé par un morceau de
bougie enfermé dans une affreuse lanterne de
fer-blanc suspendue dans un angle du mur.
C'était juste assez de lumière pour nous en
faire apercevoir la nudité ainsi que l'extrême
saleté de l'escalier. A l'exception de la lampe
qui ne pouvait s'être allumée seule, rien n'indi-
quait que le lieu fût habité. Je m'arrêtai, saisie
d'un mélancolique étonnement, pendant que
mon père essayait de trouver son chemin à
tâtons jusqu'à une espèce de loge de portier ou
plutôt un antre situé au pied de cet escalier. Là
il trouva un homme servant de concierge aux
différentes personnes de la maison. Vous savez
que les maisons de Paris sont habitées par des

masses de gens différents et que leurs escaliers
sont des rues — des rues sales — qui con-
duisent à leurs appartements. Le portier qui
n'était ni obligeant ni intelligent, répondit né-
gligeamment que : Mme de Genlis *logeait au
second à gauche, qu'il faudrait tirer sa sonnette* (1), il pensait qu'elle était chez elle, à
moins qu'elle ne fût sortie ! Nous montâmes
donc, sans autre guide que nous-mêmes, car
bien que nous eussions décliné notre qualité
d'étrangers, ce portier ne nous offrit pas une
fois de nous conduire ou de nous éclairer !
Arrivés au deuxième étage, nous aperçûmes
faiblement éclairées par une bougie placée sur
le premier palier, deux grandes et sales portes
à battants, l'une à droite, l'autre à gauche,
ayant chacune une sonnette de la grosseur de
celle qui peut se trouver dans le petit parloir d'une
petite auberge anglaise. Mon père en tira une
et attendit quelques instants : pas de réponse ;
agita l'autre et attendit ; pas de réponse ! cogna
fortement à la porte gauche, pas de réponse ;
à la porte droite, pas de réponse. Il poussa, il
tira sur cette porte droite sans pouvoir l'ouvrir,

(1) **En français dans l'original.**

enfin appuyant un des battants entr'ouvert de
la porte gauche, nous entrâmes, et là, obscurité profonde. Autant qu'il était possible de s'en
rendre compte, il n'y avait aucun meuble dans
cette pièce. Nos yeux s'habituant à l'obscurité,
nous pûmes, au bout de quelques instants dis-
cerner en effet des murs dégarnis et quelques
paquets dans un coin. La pièce était prodigieusement élevée, comme le serait une ancienne
salle de spectacle. Nous en sortîmes, et en
désespoir de cause, redescendîmes trouver ce
portier stupide et désagréable. Il monta avec
nous, quoique bien à contre-cœur, et nous
indiquant une profonde embrasure entre l'escalier et les portes à battants, nous dit : « *Allez,
voilà la porte et tirez la sonnette* (1). » Il redes-
cendit précipitamment avec sa chandelle si
bien que mon père n'eût que le temps de saisir
le cordon de sonnette et de le tirer avant que
nous fussions de nouveau dans l'obscurité !
Nous entendîmes enfin plusieurs portes s'ouvrir et de petits bruits de pas qui s'appro-
chaient. La personne qui nous reçut était à
peu près de la taille d'Honora ; elle tenait dans

(1) En français dans l'original.

sa main une bougie mal assujettie et trem-
blotante, dont la lumière éclairait en plein
une figure extrêmement intelligente, des yeux
noirs étincelants, des cheveux noirs bouclés
qui, selon la mode, lui couvraient les yeux
et les joues. Elle écarta ses boucles pour
nous voir, et nous-mêmes étions impa-
tients de mieux la contempler. Son habil-
lement ne répondait en aucune manière à
sa coiffure et à l'élégance de son maintien.
En quoi consistait son vêtement, nous ne
pouvions le voir distinctement ; cela paraissait être un jupon court et d'étoffe grossière,
quelque chose comme ce que porteraient les
enfants de Molly Bristow, mais pas même leurs
vêtements du dimanche! Avec cela un spencer
de laine grise attaché par une seule épingle, les
revers étroitement serrés au cou sous le menton,
et ouvert dans toute la partie inférieure. Après
nous avoir bien regardés et avoir entendu notre
nom, elle sourit gracieusement et nous pria de
la suivre en disant: « Maman est chez elle ! »
Elle nous conduisit avec la grâce d'une jeune
fille qui a appris à danser, à travers deux antichambres d'aspect misérable, mais d'ailleurs,
qu'elles soient misérables ou non, aucune mai-

son de Paris ne peut s'en passer. La jeune fille,
ou la jeune femme, car nous ne savions encore
que penser d'elle, nous fit entrer dans une
petite pièce où la lumière était si bien abritée
par un écran vert, que nous distinguions à
peine la haute stature d'une dame en noir qui
se leva de son fauteuil où elle était assise près
du feu lorsque la porte s'ouvrit, mouvement qui
fit sortir en même temps une forte bouffée de
fumée de l'immense cheminée. Elle s'avança
et nous fîmes nos efforts pour faire de même
au milieu d'un amas de tables, de chaises, de
paniers à ouvrage, de porcelaines de Chine, de
pupitres et d'encriers, de cages, sans oublier
une harpe ! Elle ne parla pas, et comme elle
avait le dos tourné au feu et à la lumière,
je ne pouvais distinguer ses traits, je n'aper-
cevais que sa silhouette et son maintien. Son
attitude avait un reste d'élégance et paraissait
celle d'une femme accoutumée à un salon
plus confortable. Comme j'étais en avant et
qu'elle restait silencieuse, je fus forcée de
m'adresser à cette forme à peine distincte.
« *Madame de Genlis nous a fait l'honneur de
nous mander qu'elle voulait bien nous permettre
de lui rendre visite et de lui offrir nos res-*

pecls (1), lui dis-je, ou quelque chose de semblable. A quoi elle répondit en prenant ma
main et en prononçant quelques paroles où le
mot *charmée* était ce qu'il y avait de plus intel-
ligible. Tout en me parlant, elle regardait mon
père par-dessus mon épaule; son salut lui fit
voir, je suppose, que c'était un homme bien
élevé, car elle lui adressa tout de suite la parole
comme si elle eût désiré lui plaire, et enfin
nous fit asseoir près du feu.

Je vis alors toute sa personne. Elle ressemble
absolument au portrait en pied de mon arrière-
grand'mère Edgeworth, que vous avez pu voir
dans la mansarde; très maigre et d'aspect mélancolique, elle n'est cependant pas si belle que
ma grand'mère. Elle a les yeux noirs, les joues
blêmes et tombantes, les lèvres minces, deux
ou trois bouclettes sur un front très élevé
surmonté d'un bonnet que pourrait porter
Mrs Grier, elle offre à la fois une apparence de
fortune déchue, de santé ruinée et d'extrême
irritabilité cherchant à se contenir. Elle ne me
représentait rien de ces manières engageantes,
captivantes même que j'avais cru trouver en elle

(1) En français dans l'original.

de l'aveu même de gens qui ne l'aimaient pas.
Elle me parut ne vivre que pour des querelles
et des jalousies littéraires. Pendant que mon
père lui parlait, ou tout en parlant elle-même, sa
physionomie prenait subitement l'expression de
la haine ou de la colère s'il était question de
quelqu'un ayant une autre manière de voir ou
de penser que la sienne. Vous savez qu'elle est
maintenant *une dévote acharnée* (1) ! Lorsque je
vins à parler, avec quelque enthousiasme, de
l'abbé Morellet qui a écrit d'une manière si
courageuse en faveur de la noblesse française
exilée, elle répondit d'une voix acérée : « *Oui,
c'est un homme de beaucoup d'esprit, à ce qu'on
dit, à ce que je crois même ; mais il faut vous
apprendre qu'il n'est pas des nôtres* (2). » Mon
père parla de Paméla (lady Edward Fitz
Gérald), et expliqua comment il l'avait défendue
à la Chambre des communes irlandaise. Au
lieu d'en éprouver du plaisir ou d'en être tou-
chée, son esprit la porta immédiatement à éla-
borer une habile justification de lady Edward
et d'elle-même, prouvant ou essayant de
prouver qu'elle ne connut jamais aucun des

(1) En français dans l'original.
(2) *Ibid.*

projets de son mari, et que tout ce qu'elle en
pouvait soupçonner fut hautement désap-
prouvé par elle. Cette défense fut tout à fait
perdue pour nous qui n'avions jamais pensé à
l'attaquer.

Mme de Genlis semble avoir été si habituée à
l'attaque, qu'elle a, en réserve, des défenses et
des excuses préparées à l'avance et prêtes à
s'adapter à toute circonstance. Elle parla avec
plus que de l'aigreur de la *Delphine* de Mme de
Staël, avec horreur d'un autre roman nouveau
à la mode, *Amélie*, et, m'embrassa deux fois sur
le front parce que je ne l'avais pas lu, en me
disant : « Vous autres Anglaises, vous êtes
modestes (1)! » Qu'était devenu le sentiment
de la délicatesse de Mme de Genlis, lorsqu'elle
publia *les Chevaliers du Cygne* ! Pardonnez-
moi, ma chère tante, vous m'avez demandé de
la voir sous un jour favorable, et j'ai été la
trouver sous le charme de la *Rosière de Salency* ;
mais vraiment je ne puis l'aimer. Il y a une sorte
de méchanceté dans son attitude et sa conversation qui repousse l'affection, d'hypocrisie qui
empêche l'estime ; et, de plus, par-ci par-là, je

_____

(1) En français dans l'original.

trouvai ou crus trouver à travers son aspect
de mélancolie un grain de coquetterie. Elle a
été jugée par mon père plus favorablement que
par moi, elle a évidemment pris quelque soin
de lui plaire. Il pense que c'est une personne
sur l'esprit de laquelle il pourrait obtenir beaucoup d'ascendant. Il juge que c'est une femme
aux passions violentes, à l'imagination effrénée,
d'un mauvais caractère mais non pas malveil-
lante. « C'est simplement, dit-il, quelqu'un qui a
été mis en pièces et qui éprouve le besoin d'y
mettre les autres à son tour. » Il ajoute qu'elle
possède certainement un grand attrait. De cela,
je ne me suis pas du tout aperçue ! Mais vous
savez, ma chère tante, que je ne suis pas très
experte à juger des étrangers à première vue, et
peut être, ai-je été mortifiée, Mme de Genlis
m'ayant dit qu'elle n'avait jamais rien lu de moi
autre que *Belinda*, et qu'elle avait seulement
entendu parler de l'*Éducation pratique*, avec
éloge, il est vrai. Elle vient d'ajouter à ses *Petits
Romans* un volume dans lequel se trouvent
quelques jolis contes. Mais il ne faut pas vous
attendre à une autre « Mlle de Clermont ». Une
semblable production par siècle est tout ce
que l'on peut espérer.

J'oubliais de vous dire que la jeune fille qui
nous a reçus est une enfant qu'elle élève : « *Elle
m'appelle maman, mais elle n'est pas ma fille* »,
dit-elle (1). La manière dont cette petite parle
à Mme de Genlis et la regarde est ce qui m'a
paru plaider le plus en sa faveur. Elle est certainement avec elle libre et tendre sans affectation.
Je regardai ce que l'enfant écrivait ; elle tra-
duisait la *Zoonomie* de Darwin ; je lus un peu
de cette traduction qui était excellente. La
petite avait, a-t-elle dit, je crois, dix ans. Il est
certain que Mme de Genlis fit du duc d'Orléans
actuel un si bon mathématicien que se trouvant
dans la détresse pendant l'émigration il put enseigner les mathématiques comme eût pu le faire
un professeur d'une Université allemande. Si
on pouvait causer avec un de ses élèves, et
savoir ce qu'il pense d'elle, on en porterait un
jugement plus sûr que celui que l'on peut tirer
de ses livres et de tout ce que ses ennemis
disent contre elle. Je dis *ses livres* et ses ennemis et non ses *amis* et ses ennemis, car je
craindrais qu'elle n'eût pas, pour plaider sa
cause, d'autres amis que ses livres, n'ayant

(1) En français dans l'original.

jamais rencontré personne, dans aucun parti,
qui fût son ami. Cela m'a même véritablement
attristée de voir une femme de talent supérieur,
qui a vécu et brillé à la cour la plus animée
de la nation la plus gaie du monde, être maintenant solitaire, abandonnée, réduite à vivre
dans une demeure misérable, au milieu de
quelques restes de luxe, épaves de son ancienne
situation, sans un seul ami, admirée peut-être
encore, mais dédaignée ! C'est la haine qui littéralement la fait vivre, et non la tendresse.

Sa cruauté en peignant la reine après son
exécution, sous un caractère dissolu, dans *les
Chevaliers du Cygne*, le fait de mener ses élèves
dans les clubs révolutionnaires au début de la
Révolution, ses relations avec le dernier duc
d'Orléans, et son hypocrisie à ce sujet ; son
insistance pour être nommée gouvernante de
ses enfants alors que la duchesse y était absolument opposée, la supposition que c'était elle qui
entraînait le duc dans son affreuse conduite ;
enfin, plus que tout le reste, ses attaques aussi
bien que ses *excuses* l'ont conduite à cette
existence isolée et faite de réprobation. Et à
présent, ma chère tante, je vous ai dit tout
ce que je sais, tout ce que j'ai entendu dire ou

pensé d'elle. Peut-être vous ai-je fatiguée, mais
j'ai trouvé que c'était un sujet particulièrement
intéressant pour vous. Si je me suis trompée,
vous me pardonnerez selon votre bonté habituelle, et vous direz : je suis sûre que Maria
l'a fait dans une bonne intention.

Maintenant, à de plus fraîches nouvelles.
Vous savez qu'à Londres nous eûmes le plaisir
de rencontrer M. et Mme Sneyd et Emma ;
cette dernière ressemble tant à Charlotte,
qu'elles pourraient passer pour les deux sœurs.
Mme Sneyd a gagné nos cœurs par son extrême
bonté. Nous avons été au théâtre de Covent
Garden pour voir la nouvelle pièce de *John Bull*.
Il s'y trouve quelque esprit, pas mal de pathos,
et un caractère d'Irlandais bien indiqué ; seulement, le contraste entre l'*élégance* du théâtre
en France et la *grossièreté* du théâtre anglais
nous a beaucoup frappés. Mais ceci peut être
le jugement d'un auteur dramatique désap-
pointé !

Maintenant, ma chère tante, la scène change,
et nous sommes à York où nous ne devions
rester qu'un jour pour voir la cathédrale ; mais
comme nous avons trouvé chez Johnson un
paquet de livres nouveaux envoyés pour nous,

par Lindley Murray (1), nous avons pensé qu'il fallait aller le voir. On nous a dit qu'il habitait à un mille de York et nous y allâmes dans la soirée. Il demeure dans une maison d'aspect très propret. Une jolie servante quakeresse nous ouvrit la porte et nous introduisit dans un salon meublé avec goût, égayé par un feu clair, et où tout parlait de confort et de vie paisible. Sur un canapé à l'extrémité de la pièce était assis, se tenant très droit, un quaker, vêtu d'un vêtement brun clair, qui ne fit aucun mouvement pour se lever et nous recevoir, mais nous tendit la main en nous disant avec un sourire placide et bienveillant : « Vous êtes les bienvenus : je suis très content de vous voir. J'ai le malheur de ne pouvoir quitter mon siège, je suis obligé de rester assis depuis dix-huit ans ! » Il a perdu l'usage d'un bras et d'un côté et ne peut marcher. Cet état ne provient pas de paralysie, mais des suites de fièvres. Je n'ai jamais vu chez personne une résignation plus absolue ; une bienveillance aussi complète. Il n'écrit que dans le but de faire du bien à ses semblables. Il ne demande rien à la vie, ni fortune, ni

(1) Célèbre grammairien américain retiré en Angleterre (1745-1826).

renommée ; il semble oublier qu'il manque de
santé ! « Je suis, dit-il, heureux de tant de manières ! » Sa femme, qui semble aimer et admirer
son mari comme le meilleur et le premier des
êtres, nous fit servir d'excellent thé et une
abondance de gâteaux.

Je n'ai pas de place ici sous le cachet pour
parler de la Cathédrale, ni des figures des
géants d'Ainwick Castle, ni d'un comique entendu dans la belle ville de Durham, mais moi
ou quelque autre plus autorisé vous en repar-
lerons, ainsi que des dessins et des jasmins
peints sur la fenêtre de M. Green, de M. Vell-
beloved et de ses charmants enfants, de
M. Horner (1) de Newcastle et du docteur
Trotter, etc., etc. Mon père me dit : « J'espère
que vous avez fini » et peut-être le dites-vous
aussi !

(1) Francis Horner.

DEUXIÈME VOYAGE A PARIS

VOYAGE EN SUISSE

1820

M. Fraissinous. — La duchesse d'Escars. — La famille Delessert. — Cuvier. — M. et Mme de Vindé. — La Malmaison. — Saint-Germain. — Prony. — Mme de Villette. — Mme Le Brun. — Madame la duchesse d'Orléans. — Les doctrinaires. — La duchesse d'Uzès. — Mme de Rumford. — Excursions en Suisse. — Chamounix. — Saint-Gervais. — Prégny. — M. de Candolle. — Coppet.

Paris, place du Palais-Bourbon, 29 avril.

A la suite de deux jours d'indescriptible précipitation, je saisis un moment de répit pour vous dire que Fanny est tout à fait bien : voilà pour la santé. Quant à la beauté, je ne peux que vous répéter ce que chacun me dit ici : en anglais, que mes sœurs sont *lovely* (1); et

(1) Charmantes.

français qu'elles sont *charmantes*. Elles ont
fait leur début hier soir chez lady Granard;
très grande soirée et grande affluence de lords,
de ladies, de comtes, de comtesses, de princes,
de princesses, de Français, de Polonais, d'Italiens, etc. Marmont et Humboldt y étaient.
Des femmes du monde et de goût, telles que :
lady Rancliffe, la comtesse de Salis, lady
Granard; Mrs Sneyd Edgeworth et une comtesse polonaise m'ont dit que la toilette de ma
sœur, une grande affaire à Paris, était une *per-
fection* (1) et je l'ai cru !

Humboldt a une conversation charmante,
malheureusement j'ai été séparée deux fois de
lui, pour être présentée à des sommités, précisément à des moments où il était fort intéressant.

3 mai.

Dimanche nous fûmes à Saint-Sulpice entendre M. Fraissinous en compagnie de la comtesse et de la baronne de Salis; cette dernière,
bien que chanoinesse, va néanmoins dans le

(1) En français dans l'original.

monde et porte des fleurs et des rubans roses.
Elle est très agréable. Nous étions aussi avec un
M. *Le Baron*, officier de la garde suisse, un vieux
garçon. M. Fraissinous prêche dans le mode
Kirwan (1), mais avec une insupportable monotonie d'éloquence continuellement tonnante,
contre les *libéraux*, *Rousseau* (2), etc. Ce sermon me faisait l'effet d'une vieille étoffe mal
brodée; il a été néanmoins très applaudi. L'assemblée n'était pas de moitié aussi attentive
à Saint-Sulpice, qu'elle l'était la veille au
Théâtre-Français!

Ensuite visite à Mᵐᵉ de Pastoret. Oh! ma
chère maman, pensez à ce que j'éprouvai en la
retrouvant dans ce même boudoir en tout
semblable à autrefois! Fanny et Harriet ont
été ravies de l'élégance de la maison jusqu'à ce
qu'elles l'aient vue elle-même et, après, il
n'était plus question d'autre chose que de sa

(1) Walter Blake Kirwan (1754-1805), doyen de Kel-
lald, élevé à l'école des Jésuites, au collège catholique
romain de Saint-Omer. En 1787, il quitta l'Église ro-
maine pour se faire protestant; ses sermons de charité
étaient célèbres, et il n'était pas rare qu'il recueillît
en outre de sommes considérables, des montres, des bi-
joux de toutes sortes.

(2) En français dans l'original.

beauté et de sa conversation. Elles sont même
plus charmées d'elle que je ne m'y attendais ;
elle est très peu changée.

Après un bal chez la comtesse polonaise
Orlowski, où Fanny et Harriet ont été enchantées de voir la manière dont dansaient les
enfants (ils valsaient comme des anges, en
admettant que les anges valsent) ; après ce bal
dis-je, comme on m'avait avertie que pour la
première fois, je devrais me rendre sans mes
sœurs chez la duchesse d'Escars, j'y allai avec
le comte, la comtesse et la baronne de Salis. La
duchesse *reçoit* pour le roi aux Tuileries. Pour
arriver, on monte un escalier de cent quarante
marches ! Je pensai que les jambes du comte
allaient faiblir pendant que je m'appuyais sur
son bras, les miennes même me manquaient.
Enfin on arrive par une longue galerie brillam-
ment éclairée à une suite de petits appartements, bas de plafond, richement tendus de
draperies de soie ou de cachemire, meublés
d'ottomanes et où des lampes se trouvent à profusion. Ces salons, ornés de bustes et de portraits de souverains, étaient remplis de vieille
noblesse, aux noms historiques aux bouton-
nières couvertes d'étoiles, de rubans rouges et

de plaques. Les dames étaient coiffées de petits chapeaux de satin blanc ou de *toques*; elles avaient les cheveux poudrés et ornés d'une profusion de plumes d'autruche ou plutôt de poufs en *marabouts*. Les plafonds étaient trop bas pour ces échafaudages de coiffures.

Après une matinée très fatigante passée chez toutes les couturières et les modistes plus ou moins compétentes, nous avons eu le plaisir de terminer la journée en dînant chez Mme Gautier, à Passy. La route a été délicieuse. Nous l'avons trouvée avec sa fille Sophie, qui a maintenant elle-même une fille du nom de Caroline, dans cette même pièce où nous avions vu, il y a quelque dix-huit ans, Mme Gautier et sa fille !

Tous ceux qui restent de la famille Delessert étaient là, à l'exception de Benjamin retenu à Paris par des affaires. Mme Benjamin est très belle, du genre de beauté de Mme l'amirale Pakenham, la seule personne à laquelle je puisse la comparer. François est resté tel que vous l'avez connu, ayant seulement en plus les pattes d'oie apportées par dix-huit années. Il est transformé en mari et en père le plus heureux qui se puisse voir. Toute la famille habite trois maisons, dont les trois terrasses forment

un long et charmant parterre ; les arbres de
Judée ainsi qu'un amandier gigantesque étaient
en pleine floraison, les lilas et les faux ébéniers
en abondance; Alexandre Delessert soutint d'une
manière charmante, de concert avec son père,
la conversation sur un terrain d'affaires. Il
fit le panégyrique des juifs de Hambourg qui
l'ont reçu avec la plus grande politesse et la
plus grande magnificence. Ceci venait *à propos*
de la Juive de Walter Scott, et ma vanité doit
aussi ajouter *à propos* de mon Juif et de ma
Juive dont on s'occupa plus que de raison.

La question des billets de banque vint sur le
tapis. François me dit que leur falsification est
presque chose inconnue à Paris. On emploie
pour leur fabrication les meilleurs artistes.
Encore un des projets de mon père !

Mardi nous sommes allées au Louvre, mais
nous avons dû laisser de côté beaucoup de
belles toiles. Après avoir dîné à la maison nous
nous rendîmes le soir chez Mme de Pastoret afin
de nous y rencontrer avec la duchesse de Broglie,
une très jolie femme, petite, avec de grands
yeux doux, simplement habillée, mais très séduisante. Elle parle anglais mieux que je ne l'ai
entendu parler jusqu'ici à l'étranger et a été

pour moi, non seulement gracieuse, mais je
peux dire *affectueuse.* Áprès avoir pris congé
de Mme de Pastoret, nous nous fîmes conduire
chez l'ambassadeur où nous avons été reçues
avec beaucoup d'égards. Nous y avons trouvé
une société très choisie et avons causé avec
Talleyrand, mais rien de ce qu'il a dit ne mérite
d'être noté.

Paris est merveilleusement embelli depuis
que nous y fûmes en 1803. - - -

Fanny et Harriett sont enchantées de la
beauté des Champs-Élysées et du jardin des
Tuileries; les arbres sont tous en feuilles en ce
moment et leur ombrage est délicieux. N'ayant
jamais vu Paris en été, je suis sous le charme.
Le meilleur de notre temps se passe soit à nous
promener en voiture le matin, soit à sortir aux
lumières ou par le clair de lune.

Lady Elizabeth Stuart a été particulièrement
aimable avec « Mme *Maria Edgeworth et* Mlles *ses
sœurs* » forme dans laquelle sont libellées nos
cartes de visite ainsi qu'on me l'a conseillé.

L'hôtel de l'ambassadeur est le même que celui qu'habitait lord Withworth, et qui a ensuite appartenu à la princesse Borghèse. Il est
délicieux, ayant accès sur un jardin orné de

pelouses, de terrasses, de serres, et contenant une profusion de fleurs et d'arbrisseaux.

Le dîner était splendide, mais n'avait rien de cérémonieux, et personne ne représente mieux que Mme Elizabeth. Elle nous demanda d'aller avec elle et Mrs Canning à l'Opéra, mais nous étions engagées chez Mme Récamier, et comme cette dernière n'est plus ni riche ni heureuse, je ne pouvais rompre cet engagement.

Nous allâmes donc trouver Mme Récamier à son couvent de l'Abbaye-aux-Bois et en haut de ses soixante-dix-huit marches; on y arrive avec de l'asthme! Elle possède toujours un élégant salon, et est elle-même aussi élégante que jamais. Nous y trouvâmes Mathieu de Montmorency, l'ex-reine de Suède, Mme de Boigne, une charmante femme, et Mme la maréchale de Moreau, une beauté fanée, sentant l'ail et criant vainement dans la conversation dans l'espoir de passer pour bel esprit.

Hier nous avions l'intention d'expédier un grand nombre de visites, mais le sort en avait décidé autrement. M. Hummelant, attaché à l'ambassade autrichienne vint, puis M. Cheneviz dont la conversation est charmante, mais

qui s'en sert comme d'un verre grossissant pour
déformer le caractère français en découvrant des
traits horribles là où nous n'en trouvons que
d'agréables. Pendant sa visite vinrent Mme de
Villeneuve et Mme de Kergorlay. A peine
étaient-ils tous partis, que je donnai à Rodolphe
l'ordre de ne plus laisser entrer personne, la
voiture ayant été demandée pour onze heures
et il en était près de deux ! « Milady », cria Rodolphe accourant avec une carte, « *voilà une
dame qui me dit de vous faire voir son nom* (1).»
C'était « Madame de Roquefeuille » avec son
regard vif et bienveillant et son agréable cau-
serie. Il existe une très grande différence entre
les manières, le ton, la prononciation et le calme
d'attitude de Mmes de Pastoret, de Roquefeuille
et de la vieille petite princesse de Broglie-Revel
qui sont de vieille noblesse, et les efforts, la lutte
de la nouvelle aristocratie pour atteindre à ce
charme indescriptible et inné, qué ni les ri-
chesses ni les titres seuls ne peuvent donner.

Mais pour en finir avec samedi : Mme de Roquefeuille prit congé, et nous partîmes pour
aller chez lady de Ros. Elle était à son chevalet,

(1) En français dans l'original.

copiant fort joliment un portrait de Mme de
Grignan. Nous passâmes avec elle une très
agréable demi-heure; lady de Ros et sa fille
sont charmantes. Cette dernière a demandé à
Fanny de se trouver avec elle trois fois par
semaine au manège où elle va pour prendre de
l'exercice.

Nous étions engagées le soir, chez Cuvier;
nous nous rendîmes d'abord chez Mme Jullien
dans la *rue de l'Enfer* (1) non loin du Jardin des
Plantes, et là nous vîmes une des personnes les
plus extraordinaires que nous ayons encore
vues. C'est un Espagnol, trapu, ayant les cheveux, les sourcils et les yeux noirs; enfin d'un
aspect infernal. Il est l'auteur de l'*Histoire de
l'Inquisition* et il nous raconta comment il avait
été envoyé *en pénitence* (2) dans un monastère,
par cette même Inquisition, et comment il parvint à obtenir sa délivrance en offrant un certain
nombre de kilos de bon chocolat aux moines, qui
le représentèrent dès lors comme très pénitent !

Mais je n'ose m'étendre plus longtemps sur
ce sujet, sans cela nous n'arriverons jamais
chez Cuvier, chose que d'ailleurs je pensais ne

(1) En français dans l'original.
(2) *Ibid.*

pouvoir jamais accomplir vivante. Quelles rues !
quels coins de rue surtout dans cette vieille,
vieille partie de la ville uniquement éclairée
par quelques lampes maintenues par des cordes,
à de grandes distances les unes des autres !
une ou deux lumières venant des fenêtres de maisons très élevées rendaient l'obscurité plus sensible encore ; puis les cris des cochers et des
charretiers : « Ouais ! ouais ! » reculant et se que-
rellant sans cesse, car il est impossible à deux voitures de passer en même temps dans ces étroites
ruelles. J'étais dans une très mauvaise passe,
comme vous pouvez le penser, mais je baissai
la glace et restai aussi tranquille qu'une souris
effrayée. J'amusai même fort Harriet en criant
une fois : « *Ah! mon cher cocher, arrêtez* » (1) !
comme Mme du Barry disait : « *Un moment,
monsieur le Bourreau!* » La position ne fut
jamais si mauvaise pourtant que nous n'en
pussions rire. Nous finîmes enfin par arriver et
notre voiture entra sous une *porte cochère* (2)
dont le peu d'élévation obligea le cocher à se
courber littéralement en deux. Là, tout d'abord,
obscurité complète; puis, soudain, des arbres,

(1) En français dans l'original.
(2) *Ibid.*

7

des lumières, des bâtiments et enfin l'un d'eux
plus brillant que les autres laissant voir par
un portail ouvert, en grandes lettres éclairées,
les mots « *Collège de France* ».

Cuvier vint nous recevoir jusqu'à la portière
de la voiture et nous guida à travers une enfi-
lade d'escaliers étroits et difficiles, jusqu'à une
toute petite pièce où se trouvaient réunies
plusieurs personnes, qui toutes étaient de noms
et de talents distingués. Prony était là, avec la
fidélité de chien caniche qu'il apporte à ses
affections ! Biot, très gros maintenant ; il semble
avoir engraissé du double ! Je ne pus trouver en
lui aucune trace de ce jeune *père de famille* que
nous avons connu. Il a maintenant la figure
ronde, la tête chauve, sauf un tour de cheveux
noirs bouclés, et son crâne paraît si dur qu'une
tortue pourrait y tomber, semble-t-il, sans le
fendre ! Mais dès qu'il commence à parler, sa
supériorité frappe immédiatement.

Cuvier nous présenta le prince polonais
Czartoryski ; nous échangeâmes mutuellement
beaucoup de compliments. Nous feuilletâmes
ensuite le *Voyage au Brésil* du prince
Maximilien de Neuchâtel, magnifiquement
imprimé en Allemagne. Puis, toutes les

langues commencèrent à se délier et la réunion
devint très amusante.

Derrière moi j'entendais parler un très bon
anglais; c'était M. Trelawry faisant un panégyrique de l'abbé Edgeworth avec lequel il fut
lié. Ce fut lui qui apporta la première lettre et
les premières nouvelles des événements à la
duchesse d'Angoulême, alors, à Mittau. Elle
vint au milieu de la nuit, et en chemise de
nuit, les recevoir.

Le thé et le souper furent servis en même
temps. Les deux tiers seulement de la société
pouvaient s'asseoir; les autres personnes durent
rester au second plan, un certain nombre debout,
mais toutes très satisfaites néanmoins. La conversation devint bruyante et animée : la science,
la politique, la littérature furent mélangées aux
balivernes dans d'heureuses proportions. Biot
s'assit derrière la chaise de Fanny et se mit à
parler des parallaxes et du docteur Brinkley.
Prony, ses cheveux presque dans mon assiette,
me racontait de très amusantes anecdotes sur
Bonaparte, et Cuvier, près de lui, parlait aussi
fort qu'il lui était possible non pour faire
montre de savoir et d'esprit mais simplement
pour arriver à se faire entendre, car, au con-

traire, ce génie franc et ouvert était heureux
d'être chez lui et sans contrainte ; sa manière
d'être avec nous m'a été la chose la plus flatteuse
et la plus agréable. Harriet était en arrière, et à
chaque instant Cuvier se tournait vers elle en
contant ses anecdotes pour la rendre complètement des nôtres, et il se faisait un tel bruit
que personne autre que nous ne pouvait les
entendre.

Cuvier et Prony s'accordèrent à dire que Bonaparte ne pouvait jamais supporter, en fait de réponse, qu'une réponse *décisive*. « Un jour, nous
dit Cuvier, je me perdis presque vis à vis de lui,
pour avoir examiné la question avant de répondre. Il me demandait : *Faut-il introduire le
sucre de betterave en France? — D'abord, Sire,
il faut songer si vos colonies... — Faut-il avoir
le sucre de betterave en France ? — Mais, Sire,
il faut examiner... — Bah ! je le demanderai à
Berthollet* (1) ! »

Cette manière despotique et laconique d'in-
sister pour savoir toute chose en deux mots
avait ses inconvénients. Un jour, il demandait
au conservateur des forêts de Fontainebleau :

_____

(1) En français dans l'original.

« Combien d'arpents avez-vous ici ? » Le conservateur, un honnête homme, réfléchit un instant.
« Bah ! Vous ne savez pas ! » Alors le sous-con-
servateur s'avançant émit un chiffre quelconque
qui lui vint à l'esprit. Bonaparte transféra immédiatement au second le grade du premier.
« Qu'arriva-t-il ? continua Prony, c'est que le
coquin qui donna la réponse aventurée, fut
bientôt pris abattant et vendant un grand
nombre d'arbres, et qu'en conséquence Bonaparte fut obligé de lui retirer ses fonctions et de
réinstaller dans sa première situation l'homme
honnête, mais hésitant. »

Prony est, vous le savez, un des hommes les
plus distraits qui existe. « Une fois, me dit-il,
j'étais dans une voiture avec Bonaparte et le
général Caffarelli. C'était à l'époque de son
départ pour l'Égypte. Il me demanda de l'accompagner. Je répondis que je ne le pouvais pas ;
mais, en fait, je ne voulais pas. Après avoir répondu de la sorte, je m'efforçai de rassembler
dans ma tête toutes les raisons possibles pour
expliquer mon refus. Pendant tout ce temps
Bonaparte continuait à me faire des communi-
cations confidentielles sur ses projets et desseins
secrets. Quand il eut terminé, le *seul mot*

« *Arabie* » *m'avait frappé l'oreille, alors je vou-drais m'avoir arraché les cheveux* », faisant le geste de le faire, « *pour pouvoir me rappeler ce qu'il venait de me dire* (1); » mais cela me fut impossible.

— Pourquoi, lui dis-je, ne le demandâtes-vous pas ensuite à Caffarelli ?

— Je n'osai pas, parce que je me serais trahi à ses yeux. »

Prony assure que Bonaparte ne s'obstinait jamais dans sa propre opinion vis-à-vis des hommes de science, sur les choses qu'il igno-rait ; mais il ne supportait aucune contradiction sur la tactique ou la politique.

29 mai.

Mᵐᵉ Récamier n'a pas plus pris le voile que je ne le prends moi-même, et, en fait, rien ne serait moins vraisemblable. Elle est toujours belle, élégante et remplie de goût pour arranger son petit salon avec une recherche pleine de simplicité. Seulement elle vit dans un cou-vent (2), parce que c'est bon marché et respec-

(1) En français dans l'original.
(2) L'Abbaye-aux-Bois.

table. M. Récamier vit toujours ; l'adversité
seule les a séparés.

Nous avons enfin assisté à une comédie parfaitement bien jouée : la première représentation d'une nouvelle pièce, *les Folliculaires*.
Elle a été reçue avec des tonnerres d'applaudissements. Tous les caractères en sont admirablement étudiés et le but de la pièce est de
tourner en ridicule les journalistes et les jeunes
littérateurs.

La Celle, maison de campagne de M. de Vindé.

4 juin.

N'est-il pas curieux que, juste au moment
où vos lettres ne parlaient que de Mrs Strickland à Edgeworthstown, nous fussions en
même temps avec M. Strickland à Paris ? Je
lui lus ce que vous disiez sur sa petite fille et
Foster, comme nous allions ensemble déjeuner
chez Cuvier ; il en fut touché jusqu'aux larmes.

Nous avons déjeuné à Passy en venant à *la
Celle*. Des balcons de chacune des pièces de la
charmante maison des Delessert, on découvre
une vue superbe de Paris et des environs.
Mme François nous fit visiter les appartements,

tous charmants et confortables. Le lit dans lequel Mme Gautier et Mme François ont couché quand elles étaient enfants, sert maintenant à leur petite Caroline. Il y a quelque chose de vraiment touchant dans la continuité de ces affections de famille, tout spécialement à ces époques de révolution et de trouble.

Nous arrivâmes ici en temps voulu. *La Celle* (1) remonte à Clodoald, fils de Clovis, venu pour s'y construire un ermitage, qui fut nommé « *la Cellule* ». Prodigieusement changée et agrandie avec le temps, *la Celle* devint la résidence de Mme de Pompadour.

Les chambres sont lambrissées, mais possèdent de très larges croisées d'où l'œil découvre des profusions d'acacia rose et de rhododendrons en fleurs. Le jardin est entouré de gros tilleuls, très épais, taillés comme le sont les hêtres de la promenade de Collon : l'extrémité formant des arceaux, et les troncs placés de manière à offrir à la vue une perspective de piliers à travers lesquels on aperçoit d'un côté, de belles pelouses et de lointains horizons, tandis

---

(1) *La Celle Saint-Cloud*, bâtie par Bachelier, premier valet de chambre de Louis XIV, fut ensuite vendue à Mme de Pompadour, qui s'en défit deux ans après.

que, de l'autre, l'allée de tilleuls se continue en arcades formées par l'épaisseur de huit ou neuf de ces arbres magnifiques.

A chaque chambre à coucher et cabinets de de toilette sont attenants de véritables petits repaires de recoins et d'antichambres qui ont dû voir d'étranges choses dans leur temps! L'un d'eux, de dix pieds sur six, est orné d'une boiserie blanche, maintenant bien jaunie, peinte en grisaille, représentant des groupes de singes habillés en hommes et en femmes et formant ce que vous pouvez imaginer de plus grotesque! Il me semble avoir lu quelque chose sur ce cabinet des singes, et avoir entendu dire que le principal d'entre eux était un personnage connu.

La situation de *la Celle* est charmante et le pays qui l'entoure des plus pittoresques. Parler de la propriété, des terrasses, des vergers, des cours de ferme, des laiteries, etc., me mènerait trop loin, aussi noterai-je seulement que pour préserver les meules de l'incursion des rats, la partie inférieure de leur base (base plus élevée que celles de nos meules) est non seulement recouverte d'ardoises, mais encore que la partie la plus rapprochée du foin est, de plus, abritée

par des carreaux en verre, ce qui constitue un
défi à tous les rongeurs.

M. et Mme de Vindé sont encore exactement
comme vous en avez le souvenir, et leur petite
fille Béatrice, dont vous pouvez vous rappeler,
est aussi bonne pour Fanny et Harriet que
M. et Mme de Vindé l'ont été autrefois pour leur
sœur.

M. Husson m'a écrit au sujet d'un certain
comte de Brennar, un Allemand ou un Hongrois
de talent, jeune et riche, m'assurant que ce
comte extraordinaire avait le plus grand désir
de nous être présenté. Je me suis arrangée
avec Mme Cuvier, sachant qu'elle le connaissait,
pour nous trouver à déjeuner chez elle avec lui.
J'avais aussi demandé à Prony s'il pensait que
M. et Mme de Vindé m'autorisassent à engager
le comte à venir à *la Celle*. Ce qui fit que
Prony vint dîner hier ; mais le comte, n'étant
arrivé qu'au dessert, n'eut à manger qu'une
côtelette de veau froide, une bonne salade et
voilà tout! Il me fit pour moi et les miens,
enfin pour un membre quelconque de notre
famille qui irait à Vienne, une pressante
invitation qui ne lui donnera, je pense, jamais
beaucoup de peine!

J'ai corrigé avant le déjeuner tout le second volume de *Rosamond* (1); il accompagne cette lettre.

On nous apporte le café dans nos chambres vers huit heures et la famille se réunit pour le déjeuner, qui a lieu à dix heures dans la salle à manger. Celui d'aujourd'hui se composait de maquereaux accommodés à l'huile, de côtelettes de veau, d'œufs bouillis et pochés *au jus* (2), de pois et de laitues assaisonnés, ces dernières roulées comme des saucisses, de radis, de salade, de compotes de pruneaux, de confitures de groseilles, de biscuits au chocolat ou à l'abricot, puis de tartelettes plates faites avec une pâte mélangée de bonbons et recouverte de café. On se sert ici de pinces à sucre, ce que je n'ai vu nulle part, excepté chez Mme Gautier. On ne voit jamais non plus de petites cuillers à sel, ainsi ne soyez pas étonnée si, à mon retour, je prends le sel et le sucre d'une manière primitive.

Les voitures arrivent vers midi, et nous faisons des promenades dans les environs. Ensuite nous rentrons dans nos chambres, puis nous

(1) La suite ou dernière partie de *Rosamonde*.
(2) En français dans l'original.

nous rendons au *salon*, ou bien nous jouons
au billard ou aux échecs. Le dîner est à cinq
heures et demie. Je vais vous décrire un de
ces dîners : *Bouilli de bœuf* (1), gros morceau
de milieu entouré de tous les autres plats;
rôtis de mouton, *riz de veau piqué*, *maquereaux*, *pâlés de cervelle*, *salade*. — Deuxième
service : *œufs au jus*, *petits pois*, *laitue assai-
sonnée*, *gâteaux de confitures*, *pruneaux*, *dessert*,
gâteaux, *cerises*, *confitures d'abricot et de
groseille*.

On se lave les mains à une autre table. Le
café est pris au salon, tout le monde ras-
semblé autour de la table comme autrefois.
Pourtant, j'ai observé qu'il s'était produit un
grand changement : les hommes se réunissent
entre eux maintenant en France, comme ils le
faisaient en Angleterre en tournant le dos aux
femmes, pour parler politique dans un coin ou
même au milieu de la pièce, sans faire la
moindre attention à elles. Les dames s'en
plaignent, et paraissent déplorer cette manière
de faire; beaucoup d'entre elles disent, en cons-
tatant cet état de choses : « Est-ce bien là

(1) Tous les mots en italique sont en français dans
l'original.

Paris ! » et d'autres parlent tout haut politique
avec aplomb en disant des absurdités dans le
sens *ultra* ou *libéral* afin de se rendre impor-
tantes et d'attirer l'attention des hommes.

Mais je poursuis le récit d'une journée. Après
le café, Mme de Vindé s'assoit à une table ronde
placée au milieu de la pièce et sort une tapisserie d'un panier à ouvrage absolument identique
à un mien panier de forme antédiluvienne, fait
en papier cartonné orange, et depuis longtemps
relégué dans une mansarde ! Cette tapisserie est
un dessus de chaise dont elle brode les petites
fleurs bleues et dont *M. Morel de Vindé,
Pair de France, ancien Conseiller de Parlement*(1), etc.... fait le fond ! Ayant eu un rhume,
le dit M. de Vindé se coiffe dans la maison d'un
foulard de soie noire sur lequel il met un chapeau. Il est de plus affublé de trois gilets, de
deux vêtements et d'un spencer pour brocher
sur le tout !

Pendant que nous causons, Mme de Vindé et
moi, la jeunesse joue au billard. Quand arrive
la tombée de la nuit, nous émigrons sur un
signe de notre hôtesse : « *Allons, nous pas-*

(1) En français dans l'original.

serons chez M. de Vindé (1), » dit-elle. Alors,
nous traversons le billard, la salle à manger,
et arrivons par un couloir bizarre au cabinet
de son mari, où, presque dans le feu, nous
nous asseyons autour d'une petite table pour
jouer à un jeu nommé loto. On se sert pour
y jouer de divers cartons coloriés et de nu-
méros. Quiconque connaît le jeu de loto doit
comprendre ceci et ceux qui n'en ont jamais
mais entendu parler doivent attendre mon retour pour que cela leur soit expliqué. A dix
heures et demie on se met au lit. Nous trouvons tout prêts une douzaine de petits chan-
deliers et bougeoirs à manche d'argent, avec
des bougies de cire. Qui ose dire que les maisons de campagne françaises n'ont pas de confortable ! Disons-le désormais pour toutes,
excepté pour « *la Celle* ».

Pendant les trois premiers jours qui suivirent
notre arrivée, M. de Prony et le comte de
Brennar furent les seules hôtes ; le comte pour
un jour seulement. M. de Prony suffit d'ailleurs
à lui seul pour tenir en haleine l'esprit le plus
actif en conversation de toute sorte : scienti-

(1) **En français dans l'original.**

fique, littéraire, humoristique. Il est moins
changé qu'aucun de nos amis ; son caractère
et sa bonne humeur sont vraiment très appré-
ciables. Il est, comme le dit Mme de Vindé, la
créature la meilleure et la plus inoffensive qui
existe. Il a le bon sens de ne s'attacher qu'à la
science et de laisser la politique de côté, disant
toujours « *qu'il n'était bon qu'à cela* (1) ». Il
nous a accompagnées dans nos excursions ma-
tinales à la Malmaison et à Saint-Germain.

La Malmaison appartenait à Joséphine et
appartient encore aux Beauharnais, mais elle
n'est plus habitée maintenant que par le régisseur. Elle est charmante, cette propriété !
remplie de rhododendrons aux fleurs magnifiques, disposés en taillis, en bosquets, répan-
dus sur les gazons, au bord de l'eau, partout.
Pauvre Joséphine ! Vous rappelez-vous le
docteur Marcet nous racontant qu'un jour
déjeunant avec elle, elle disait montrant ses
fleurs : « Ce sont mes sujets, j'essaye de les
rendre heureux. » La propriété est admirablement entretenue ; mais, la solitude, le silence
et le souvenir continuel de la morte font éprou-

_____

(1) **En français dans l'original.**

ver une grande mélancolie, malgré le soleil, les
fleurs et le chant des rossignols. Nous vîmes,
nageant sur un étang, avec une dignité pleine
de tristesse, deux cygnes noirs, qui, en leur
qualité d'oiseaux rares, étaient autrefois de
grands favoris. C'est en vain qu'ils courbent
maintenant leur cou d'ébène !

L'ensemble de la propriété est de peu d'étendue, la maison est également petite, mais tout
y est arrangé avec infiniment de goût. Dans le
salon se trouve la plus élégante cheminée en
marbre blanc que j'aie jamais vue, ou verrai
sans doute jamais : c'est un présent du Pape à
Beauharnais. Les tableaux les plus beaux ont
été enlevés de la galerie ; celui qui maintenant
attire le plus l'attention représente le général
Desaix lisant une lettre ; sa physionomie calme
et absorbée, contraste étrangement avec l'expression des mamelucks qui l'examinent anxieusement. Le parquet élégamment travaillé présente de grands vides. Le régisseur nous
expliqua que ces vides indiquent les places où
se trouvaient les statues de Canova enlevées
pour l'empereur de Russie. Cet homme disait
tout cela à voix basse, parlant de son maître et
des armées alliées par allusions, ainsi que John

Langan avait coutume de le faire quand il parlait des rébellions. Vous pouvez vous imaginer
les sentiments qui nous portèrent à traverser
dans un silence absolu la bibliothèque qui fut
celle de Napoléon ! Les N et les J dorés sont toujours aux *corniches* du plafond, entourés de
bustes et de portraits. Celui de Joséphine est
admirable.

A Saint-Germain, ce vaste palais qui servait
il y a peu de temps encore de caserne à l'armée
anglaise, notre guide féminin était extrêmement bien informé. Réellement, François Ier,
Henri IV, Marie de Médicis, Louis XIV et
Mlle de la Vallière semblaient avoir été de ses
connaissances intimes. Elle connaissait tous
leurs secrets. Elle nous montra la chambre de
Mlle de la Vallière ! Une chambre resplendissante
de dorures, — de dorures qui ont contribué à
dérober à sa vue les souffrances de l'avenir ! —
La pauvre femme ! Ces ors ont, par exception,
échappé à la destruction révolutionnaire.

Dans la hauteur de la voûte si dorée de cette
pièce, le guide nous montra une trappe par
laquelle Louis XIV descendait. Comment on
a pu aménager cette trappe, je ne le comprends
pas bien ; cela dut être un travail périlleux à

8

cause de l'élévation de la chambre. Mais mon guide féminin, qui certainement l'a vu faire, m'assura que Sa Majesté descendait très tranquillement dans son fauteuil, et, comme elle tenait de grosses clefs dans sa main, et qu'elle était presque aussi grosse que M\rs Liddy, je ne me hasardai ni à la contredire, ni à émettre aucun doute.

Saviez-vous que ce fut Prony qui contruisit e pont Louis XVI? Perronet avait alors vingt-quatre ans et Prony travaillait sous ses ordres. Une nuit, après avoir soupé chez Mme de Vindé, il se dirigeait vers son pont, lorsqu'il aperçut... Mais je n'ai pas le temps de vous raconter cette histoire !

Pendant la guerre d'Espagne, Bonaparte demanda à Prony d'établir des tables logarithmiques, astronomiques et nautiques sur une large échelle. Prony pensa que, pour venir à bout de ce travail, il lui faudrait à lui et à tous les philosophes de France, au moins cent cinquante ans! Il en était désespéré, connaissant le despote auquel il avait affaire qui *voulait* avant tout que sa volonté fût exécutée, lorsque le premier volume d'Adam Smith, *Richesse des nations*, tomba entre ses mains. Il l'ou-

vrit au chapitre sur la « Division du travail »,
notre favori, celui de la manufacture d'épin-
gles. « Ah! ah! voilà mon affaire! » dit-il, et
il divisa le travail entre deux cents hommes,
qui ne savaient rien de plus que les simples
règles de l'arithmétique. Il les réunit dans un
vaste bâtiment, où ces hommes-machines travaillèrent chacun à la partie sur laquelle ils
étaient compétents, et les *Tables* sont maintenant complètes.

Paris, 9 juin.

Tout est tranquille ici maintenant, mais pendant notre séjour à la campagne il y a eu
quelques troubles. Soyez assurée que s'il se
présentait le moindre danger, nous partirions
tout de suite pour Genève.

22 juin.

Nous avons passé une journée délicieuse avec
M. et Mme Molé, dans leur belle résidence de
Champlâtreux. M. Molé a un cœur très chaud,
et sa femme est une personne aimable, ainsi
que Mme de Vintimille qui était des nôtres. Il y

avait encore Mme de Nansouty et Mme de Bezan-
court ; cette dernière est petite-fille de Mme d'Houdetot. Tous se rappellent amicalement à votre
souvenir.

24 juin.

Vous demandez ce qu'est devenu Dupont de
Fougères. Hélas ! il est mort il y a déjà quelques années.

Je suis allée voir Camille Jordan, qui est
malade et incapable de quitter son canapé ;
il est néanmoins engraissé et a meilleure mine
que lorsque nous l'avons vu autrefois ; le changement extérieur est, chez lui, plutôt en sa
faveur. Il s'est débarrassé de tout ce qui le faisait paraître un peu affecté ; sa vivacité est
devenue de l'énergie, sa politesse de la bienveillance. Près de lui nous avons trouvé sa jolie
et bonne petite femme.

Toutes les personnes qui ont lu les *Mémoires* (1) sur mon père, de quelque rang qu'elles
soient ou quelque talent qu'elles aient, en parlent de la manière la plus flatteuse. Beaucoup

(1) Les *Mémoires* de M. Edgeworth, terminés par Maria
Edgeworth.

d'entre elles se sont attachées surtout aux faits personnels, parties que nous avions considérées nous-mêmes comme étant les plus intéressantes. M. Malthus nous en parlait ce matin; il paraissait en faire grand cas et leur attribuer même une utilité au point de vue public et privé. J'ai beaucoup redouté qu'on m'en parlât, mais ce que j'en ai entendu dire jusqu'ici m'a bien récompensée de toute l'anxiété que j'avais ressentie.

A Mᵣˢ MARY ET Mᵣˢ CHARLOTTE SNEYD.

Paris, 7 juillet 1820.

C'est un véritable plaisir pour moi, mes chères tantes, d'avoir une demi-heure de tranquillité pour vous écrire, pendant que Fanny et Harriet étudient avec M. Deschamps, leur maître de danse, dans la pièce voisine.

Nous avons eu un déjeuner charmant chez M. de Gérando, dans une salle à manger ornée de tableaux de prix. L'un, en particulier, fut envoyé à M. de Gérando par la ville de Pescia, comme preuve de sa reconnaissance

pour sa manière d'agir lors de son séjour en
Italie. Il n'était plus depuis longtemps au
pouvoir lorsqu'on le lui envoya. Nous avons
vu chez lui un Italien, le marquis de Ridolfi,
possesseur d'une grande fortune, homme d'un
esprit bienveillant, et très désireux de faire
ressortir les mérites de son pays. Nous y trouvâmes aussi la Mᵐᵉ de Villette de Voltaire
« *la belle et bonne* » (1); on voit encore qu'elle
a été belle et a de plus l'apparence de la bonne
humeur. Il était touchant de l'entendre parler
de Voltaire avec l'enthousiasme de l'affection
et les larmes aux yeux, nous suppliant de ne
pas ajouter foi aux fausses couleurs sous lesquelles il a été représenté si souvent, mais
de la croire, elle, qui a vécu avec lui si longtemps, qui est la personne qui l'a le mieux
connu et connu jusqu'à la fin. Après le déjeuner
elle nous a emmenées chez elle, où Voltaire a
vécu. Nous avons vu son fauteuil aux bras
duquel était ajusté son pupitre, son portrait
rendant bien l'impression de son sourire, de
ses yeux perçants, de son visage émacié ; il
est, dit-on, d'une ressemblance parfaite. L'une

(1) **En français dans l'original.**

de ses mains tient la couronne de lauriers
maintenant brunie et flétrie qui fut placée
sur sa tête quand il parut au Théâtre-Français
pour la dernière fois.

Mme de Villette nous fit parcourir quelques-
unes de ses lettres, entre autres une de celles
qu'il écrivait à son régisseur à propos de mou-
tons, etc..., et qui se termine par ces mots :
« Ne faites pas d'excès, pas de bruit, et ne
donnez pas de coups à votre femme. » La
relique la plus précieuse conservée dans cette
chambre consiste en un petit objet en bois,
sculpté par un artiste inhabile, et envoyé à
Voltaire par quelques paysans, en signe de
reconnaissance. Il est représenté assis, écoutant
une famille de pauvres paysans qui lui exposent
leur cause : c'est parfait.

Deux des Misses Lawrence sont à Paris. Ce
sont de bonnes et excellentes femmes. Elles
m'ont apporté une lettre de Miss Carr me priant
d'aller les voir. J'ai été assez heureuse pour avoir
quelques petites occasions de les obliger, ce
dont elles m'ont mille fois plus de reconnaissance que cela ne vaut. Car en vérité, le plus
grand plaisir que j'aie, après celui de voir mes
sœurs si justement appréciées et si heureuses

d'être à Paris, consiste précisément à être à même de mettre en relations des personnes désirant se connaître depuis longtemps sans en avoir pu trouver jusqu'alors l'occasion.

Nous avons conduit Miss Lawrence visiter une des grandes écoles établies d'après les principes de Lancastre (1) et nous sommes allées également avec elle, écouter une leçon faite sur une manière d'enseigner l'arithmétique et la géométrie, semblable à celle prônée par mon père dans l'*Éducation pratique*. La vue de ces petits cubes était donc à la fois un plaisir et une peine.

Je viens d'apprendre par Hunter qu'il est en train d'imprimer *Rosamond* et que mes amis vont en corriger les épreuves à ma place. Que Dieu les en récompense!

Nous avons passé une journée très agréable à Versailles, chez Mme de Roquefeuille. En

(1) Système d'éducation fondé par le quaker Joseph Lancastre en 1801. Il avait inscrit sur la façade de son école : « Tous ceux qui veulent que leurs enfants soient élevés gratuitement peuvent les envoyer ici, et ceux qui n'acceptent pas l'éducation gratuite peuvent payer si cela leur plaît. » Les élèves les plus âgés enseignaient aux petits et tout marchait d'après une sorte de discipline militaire. Le roi, l'aristocratie soutenaient cette école, combattue par le clergé. Le système fut modifié par la suite et absorbé par des écoles devenues plus en vogue.

revenant nous fîmes une visite à la princesse
Potemkin. Quel contraste entre la société et
le ton de la conversation là et à Versailles !

Certainement personne ne peut avoir mieux
vu le monde que nous ne l'avons vu ces trois
derniers mois. J'entends par voir le monde se
trouver mêlé à une grande diversité de caractères et de manières d'être, et aussi se trouver
placé, pour ainsi dire dans les coulisses de
sociétés et de familles différentes. La conclu-
sion morale que nous en avons tirée en rentrant
le soir dans notre intérieur, a toujours été celle-
ci : Comme nous sommes heureux de tant nous
aimer ! Quel bonheur de ne pas dépendre de
tout ce que nous voyons autour de nous !
quelle joie de penser que nous retrouverons
après tout cela notre cher intérieur !

Pour en revenir à la princesse Potemkin,
elle est Russe, mais possède toute la grâce, la
douceur, les manières attrayantes des Polo-
naises. Elle a la figure allongée et pâle, les
yeux *bruns* les plus beaux, les plus doux et les
plus expressifs. Elle a un genre d'amabilité qui
plaît, et l'aisance que donne une grande naissance alliée à un je ne sais quoi de sentimental
sans affectation. Mme Le Brun fait son portrait.

Cette dernière qui a maintenant soixante-six ans, a conservé beaucoup de vivacité. Son talent est toujours très grand. Il est d'ailleurs aussi agréable de la voir elle-même que les portraits qu'elle fait, bien qu'ils soient comme on dit : parlants ; car, elle aussi parle, et incomparablement bien.

Mme de Noisville, *dame d'honneur* (1) de la princesse Potemkin, l'a élevée ainsi que ses sœurs. Elles ont l'une pour l'autre une grande amitié qui leur fait honneur à toutes deux, Mme de Noisville est une femme très distinguée, d'intelligence supérieure, de caractère décidé, et de beaucoup d'entrain. Elle nous racontait que Rostopchin, parlant des Russes, disait qu'on pourrait représenter leur civilisation par l'allégorie d'un homme nu, se regardant dans un miroir entouré d'un cadre doré.

Le gouverneur de la Sibérie n'allait jamais paraît-il, y résider. Il passait sa vie à Pétersbourg. Un jour, l'empereur, en sa présence et celle de Rostopchin, se vantait d'avoir la vue très longue. « Parlez-moi plutôt, dit Rostopchin

---

(1) En français dans l'original.

de la vue de M. le gouverneur, qui voit de Pétersbourg en Sibérie ! » — Adieu.

Maria a Miss Ruxton.

Paris, juillet 1820.

D'après ce que j'ai vu des Parisiens, je suis convaincue qu'ils ont besoin sinon d'un despote au moins d'un monarque absolu pour les gouverner. Mais laissons le caractère national à ses goûts de changement, et occupons-nous de ce qui nous intéresse davantage, de nos affaires personnelles.

Tout ce qu'il nous a été donné de voir à Paris, en arts et en sciences, la société à laquelle nous nous sommes trouvées mêlées, tout enfin nous a vivement plu, intéressées et instruites. Ce que j'ai vu de *plus beau* après la façade du Louvre est la « Madeleine » de Canova, de *plus joli*, ce sont les miniatures sur porcelaine de Mme Jacottot : La Vallière, Mme de Maintenon, Molière, enfin toutes les célébrités de l'époque, et à côté de ces petits chefs-d'œuvre, je citerai encore une table en porce-

laine entourée de médaillons représentant les
maréchaux de France peints par Isabey; au
centre se trouve le portrait en pied de Napoléon. On croit généralement que la table est
brisée, mais la protection d'un ami nous l'a fait
voir dans sa cachette.

Nous avons dîné deux fois chez la duchesse
douairière d'Orléans (1), qui tient une petite cour
à Ivry et nous avons l'intention d'y conduire
M. Villiam Everard; vous devez vous rappeler
qu'il l'a connue à Port-Mahon. Elle est aimable,
bonne et pleine de dignité; sa démarche est
celle d'une reine. Sa ressemblance étonnante
avec Louis XIV augmente encore cette impression. Une de ses *dames d'honneur* (2), qui
est Espagnole, la marquise de Castoras, est
une des personnes les plus intéressantes que
j'aie rencontrées.

Hier William Everard est venu avec nous à la
chapelle royale, où nous avons vu Monsieur,
la duchesse d'Angoulême et toute la cour. Le
soir nous avons été à une fête de village à *la*

_____

(1) Louise-Marie-Adélaïde de Bourbon-Condé, veuve
de Louis-Philippe-Joseph, duc d'Orléans, fille du duc
de Penthièvre, née le 13 mars 1783, morte le 23 juin 1821.
(2) En français dans l'original.

Celle, d'après une invitation de Mme de Vindé.
Ce genre de fêtes est le pendant de celles
d'Irlande, en tenant compte de la différence de
costumes et d'habitudes. Celle-ci avait lieu dans
un charmant petit bois bordant les deux côtés
d'une route d'aspect poétique traversant une
vallée. Des bancs en bois étaient placés de distance en distance. On apercevait à travers les
arbres de joyeux groupes de *beaux* et *belles* de
village dansant, là, dans une carrière, ici dans
les creux formés par le sable, partout enfin où
il y avait assez de place pour organiser un qua-
drille. Ce petit bois a été planté par Gabrielle
d'Estrées, et Henri IV lui fit construire une
habitation non loin de là. Fanny et Harriet ont
dansé avec deux jeunes gens de notre société
et dansé jusqu'à ce que la rosée tombât, moment où on alluma les lampes qui étaient suspendues dans les branches d'arbres, et qui con-
sistaient en de petits verres pleins d'huile et
garnis d'une mèche. Nous rentrâmes ensuite à
la Celle, où nous avons pris des glaces; puis,
nous étant assis en rond, nous avons joué à
Trouvez mon ami, un jeu aussi fort que *Pourquoi, quand* et *où*; puis ensuite nous avons
joué au loto jusqu'à minuit. Le lendemain nous

étions levées à six heures, et, après avoir pris
le café, nous rentrions à Paris, jouissant de la
délicieuse fraîcheur d'une matinée superbe.

Aujourd'hui nous allons dîner à Neuilly avec
l'autre duchesse d'Orléans, belle-fille de l'aimable duchesse douairière, qui, entre paren-
thèses, parle de Mme de Genlis avec un véritable
esprit chrétien, bien qu'elle ne puisse s'empêcher d'ajouter, dans un murmure, et en secouant
la tête : *Elle m'a causé bien du chagrin* (1).

Parmi les personnes aimables que nous avons
rencontrées, se trouvent quelques Russes et
quelques Polonais. L'une de ces personnes,
Mme Swetchine, d'origine russe, est une femme
dont la conversation est des plus intéressantes.

A un dîner chez la jeune et jolie princesse
Potemkin, nous vîmes, en entrant dans la salle
à manger, la table ronde couverte de fruits
et de bonbons, comme si l'on en était déjà au
dessert ; elle resta garnie ainsi, tandis que
passaient d'abord le potage, des côtelettes de
veau, du poisson ; un seul plat à la fois, mais
dix ou douze à la suite ; le tout finissant par du
gibier, des douceurs, de la glace.

---

(1) En français dans l'original.

Il y a quelques jours, je vis chez la duchesse d'Escars, le prince Rostopchin, qui brûla Moscou en commençant par sa propre maison. Il n'est pas possible d'avoir plus qu'il ne l'a, l'apparence d'un Kalmouck ! Sa conversation, comme ses actes, dénote un homme de grande énergie. La *soirée* (1) chez Mᵐᵉ d'Escars n'était pas une réception ouverte ; quand elle *reçoit* pour le roi, ce ne sont que des *petits comités* (2) (c'est ainsi que cela s'appelle) auxquels, m'a-t-on dit, on invite rarement les Anglais.

La conversation porta d'abord, naturellement, sur la reine d'Angleterre, puis sur lady Esther Stanhope, et enfin sur les *dandys* anglais. C'était très amusant d'entendre une demi-douzaine de Parisiens, parlant tous à la fois, donner leur opinion sur les dandys anglais, d'après ceux que l'on a vus à Paris, décrivant leurs manières, imitant leurs gestes et même quelquefois, avec un seul de ces gestes donnant l'idée de l'homme tout entier. Ensuite on a discuté la différence entre le *petit Marquis* (3) de l'ancienne comédie française et le dandy actuel.

(1) **En français dans l'original.**
(2) *Ibid.*
(3) *Ibid.*

Après plusieurs essais de définition, et comme arrivait Mme d'Arblay Meadows, qui est intime dans la maison, Mme d'Escars résuma la conversation en disant : « *L'essentiel c'est que notre dandy veut plaire aux femmes s'il le peut, mais votre dandy anglais ne le voudrait pas, même s'il le pouvait* (1). »

Je vous prie de dire à Mme la générale Dillon que je la remercie de nous avoir mises en relation avec l'aimable famille Creeds ; ils ont été tous extrêmement bons, et je désire que nous leur soyons aussi sympathiques qu'ils nous le sont eux-mêmes. Dans un autre genre, la princesse de Craon me plaît également beaucoup, ainsi que Mlle d'Alpy. Elles nous ont introduites chez les Mortemart. Voyez Mme de Sévigné « *Esprit des Mortemart* » (2)!

A MISS RUXTON.

Passy, 19 juillet.

Je vous écris, ma bien chère amie, très gaîment et très confortablement assise à une petite table

---

(1) En français dans l'original.
(2) *Ibid.*

dans le cabinet de notre excellente amie Mᵐᵉ Gautier. J'aperçois à travers les jalousies de beaux acacias ; une brise fraîche agite les arbres, j'entends le chant des oiseaux et les éclats joyeux de la petite Caroline Delessert et de son frère jouant dans la pièce voisine. — J'ai maintenant à vous rendre compte de nos derniers jours à Paris.

Je viens d'être interrompue par l'entrée de Mᵐᵉ Gautier m'apportant une rose et une petite branche de verveine et de réséda ! Cela m'a fait penser aux petits bouquets semblables que j'ai si souvent reçus de ma chère tante Ruxton et pendant un instant mon cœur a été imprégné du parfum de la brise de Black Castle ! Mais je poursuis.

Vendredi 14 *juillet.* — Le maître de danse est venu de 9 à 10 heures. Pendant ce temps, j'ai fait mes comptes, reçu des fournisseurs, enfin j'ai mis à jour quelques-unes de ces choses nécessaires de la vie qui doivent être faites sans qu'on s'en aperçoive. Nous déjeunions chez Camille Jordan. Personne n'étant arrivé avant midi et demi, nous avons eu une heure de conversation charmante avec lui et sa femme qui, en robe de mousseline d'un blanc imma-

9

culé et en petit bonnet, était assise au pied du
canapé sur lequel était son mari, soignée, gen-
tille, fraîche et aussi peu préoccupée d'elle-
même que l'est ma mère. Nous avons vu à ce
déjeuner trois des hommes les plus distingués
du parti qui s'appelle lui-même les *doctrinaires*,
parti qui se dit plus attaché aux actes qu'aux
individus. Camille Jordan vient d'être dépouillé
de sa situation de conseiller d'État et en même
temps de mille cinq cents francs par an, parce
qu'il faisait de l'opposition au gouvernement
à propos de la loi sur les élections. — Ces trois
doctrinaires étaient Casimir Perier, Royer-
Collard et Benjamin Constant. Ce dernier appartient, je crois, à un parti plus avancé. Il ne me
plaît pas du tout. Tout en lui m'est désagréable,
sa physionomie, sa voix, ses manières, sa conversation. Il est blond, très myope et porte des
lunettes qui semblent lui pincer le nez. Il
avance sans cesse son menton pour les assu-
jettir et cligne des yeux en regardant par-
dessus, de sorte que l'on ne sait jamais ce qu'il
pense. Il parle du nez, et avec une sorte de
bégaiement qui fait un étrange contraste avec
son emphase véhémente. Il ne m'a pas inspiré
beaucoup de confiance dans la sincérité de son

patriotisme, ni une très grande idée de son talent, bien qu'il semble, au contraire, en avoir lui-même une très haute opinion. Il a été bien appelé le *héros des brochures* (1). Nous étions assis à côté l'un de l'autre et je crois que l'antipathie était réciproque. De l'autre côté était Royer-Collard, affligé d'un violent mal de dents accompagné d'une fluxion! Néanmoins, malgré ce visage déformé, l'expression naturelle de la physionomie, la force et la sincérité de l'âme se trahissaient; la franchise de son caractère et l'évidente supériorité de son talent étaient manifestes dès les premières minutes de conversation.

L'excellent de Gérando (2) me fit le récit de tout ce qu'il était parvenu à faire exécuter dans un district d'Espagne, où il réussit à employer les pauvres et à leur inspirer le désir de recevoir non des aumônes, mais des salaires, etc... A Rome, il employa les malheureux à enlever plusieurs pieds de terre du côté latéral du Colosséum, ce qui mit à découvert un très beau pavage.

(1) En français dans l'original.
(2) Un ami que les Edgeworth avaient connu chez Mme de Pastoret en 1802.

Après ce déjeuner, nous fûmes chez la duchesse d'Uzès, une vieille petite dame ratatinée, maigre, mais de haute naissance et de grandes manières. Elle a connu et admiré l'abbé Edgeworth, et nous reçut avec beaucoup d'égards en apprenant que nous étions ses parentes. Son trisaïeul était le duc de Châtillon et elle est l'arrière-petite-fille, ou enfin descendante de Mᵐᵉ de Montespan. Son mari est petit-neveu, en droite ligne, de Mˡˡᵉ de la Vallière. Leur superbe hôtel est rempli de tableaux de toutes grandeurs, depuis les miniatures de Petitot jusqu'aux portraits en pied de Mignard, tous portraits de familles illustres et intéressants, l'un d'eux surtout, représentant *La Vallière en Madeleine* (1). Nous retournions l'admirer, encore et encore ; il semble qu'on ne l'ait jamais assez vu. Puis un portrait en pied de Mᵐᵉ de Montespan d'un travail plus fini que je ne l'eusse souhaité. Après un certain temps passé à admirer ces tableaux et à visiter le jardin dans lequel il y avait un splendide catalpa en fleurs, nous prîmes congé.

Ce même jour nous avons dîné avec lord

(1) En français dans l'original.

Carrington et sa fille lady Stanhope (1). Le
comte de Noé, près de qui j'étais assise, est un
agréable causeur. Le soir nous avons reçu une
lettre de Mme Lavoisier, — de Mme de Rumford,
veux-je dire ! — nous annonçant qu'elle venait
d'arriver à Paris et désirait vivement notre
visite. J'étais enchantée que mes sœurs pussent
la voir, ne fût-ce que quelques instants et nous
nous rendîmes chez elle, mais je dois avouer
que nous fûmes désappointées. Sa conversation
hachée et à bâtons rompus était empreinte
d'une sorte de grossièreté qui ne nous plut
pas. La pièce était presque dans l'obscurité,
éclairée par une seule lampe en forme de ballon ; un demi-cercle d'hommes en habit noir se
tenait autour de son canapé dans les coussins
duquel elle était enfoncée, dirigeant la conversation, et lui donnant d'ailleurs une singulière direction; on parlait de quelques femmes
séparées de leurs maris. Elle prit parti pour la
femme et pérora longtemps sur ce thème d'une
voix perçante, essayant de prouver que quand
un mari et une femme se détestent, ce qu'ils
ont de mieux à faire c'est de se séparer, et

(1) Catherine Lucy, femme du 4e comte Stanhope.

affirmant que la faute en est toujours à l'homme
quand les choses arrivent à ce degré! Elle
demanda une autre lampe afin, dit-elle, que
ces messieurs pussent admirer les jolis visages
de mes sœurs. La lumière vint à propos pour
permettre de voir les sourires que provoquaient
chez ses invités ses maximes matrimoniales.

Plusieurs d'entre eux m'étaient tout à fait
inconnus. Le vieux Gallois, sec et bien conservé, était assis à côté d'elle. Il y avait aussi
M. Garnier, traducteur de la *Richesse des nations* (1), ainsi que Cuvier avec lequel j'eus une
longue conversation. Comme nous prenions
congé, arrivaient Humboldt et le prince de
Beauvau, mais, attendues chez Mme Récamier,
nous dûmes nous retirer.

15 *courant.* — Nous avons déjeuné chez
Mme de l'Aigle, sœur du duc de Broglie. (En ce
moment Mme Gautier met son chapeau pour
nous conduire à Bagatelle.) J'ai aussi oublié de
vous dire que le prince Potemkin est le neveu
du fameux Potemkin. Il revient d'Angleterre où
M. Cook, de Norfolk, lui a particulièrement plu;
la manière noble et utile dont il dépense son im-

(1) En français dans l'original.

mense fortune l'a beaucoup frappé. Ce jeune Russe paraît très désireux d'appliquer dans son pays tout ce qu'il a trouvé de bon en pays étranger.

Après ces quelques heures passées chez Mᵐᵉ de l'Aigle, nous rentrâmes de suite, car nous avions pris rendez-vous avec le prince Edmond de Beauvau pour nous rendre aux Invalides. Le duc de Coigny, nous ayant aimablement, et sans demande de notre part, envoyé des billets, nous pumes voir la Bibliothèque ainsi que des plans et des modèles de fortifications. Nous fûmes reçus par son secrétaire, un chaud bonapartiste, plein de reconnaissance et d'attachement à son vieux maître.

Nous dînâmes à Passy avec M. Malthus, M. Garnier et M. Chaptal, le grand Chaptal, un homme très intéressant. Le soir nous avons été chez la princesse de Beauvau et chez lady Granard.

Dimanche, nous sommes allées avec les Misses Byrnes à Notre-Dame, et de là les présenter à lady Sydney Smith, qui a une maison, des jardins et des tableaux charmants, puis à Mᵐᵉ de Rumford qui fut, ce matin-là, très aimable. Enfin, nous avons dîné chez M. Creed sous les ombrages de son jardin, en compagnie de gens fort intéressants ; il y avait entre autres, M. et Mme Malthus et M. et Mme Eyre qui reviennent d'Italie.

Nous venons de rentrer, tout à l'heure, d'une agréable visite à Bagatelle. J'y ai remarqué un buste du duc d'Angoulême portant une inscription tirée d'une de ses lettres, pendant les Cent-Jours, alors qu'il était prisonnier : « *J'espère, j'exige même* que le Roi ne *fera point de sacrifice pour me revoir. Je ne crains ni la prison, ni la mort* (1). »

Hier nous avons été à Sèvres visiter une très belle manufacture de porcelaine. Nous avons vu, entre autres choses, une table représentant des vues de toutes les résidences royales, et un vase de six pieds et demi de haut, orné de peintures de fleurs d'après nature.

Louis XV ayant entendu dire un jour qu'il existait un homme n'étant jamais sorti de Paris, lui fit servir une pension, à condition qu'il ne quittât jamais la ville. Eh bien ! il partit l'année suivante ! Je n'ai pas le temps, quoi qu'il y ait matière, de philosopher là-dessus. Nous déjeunons lundi chez M. Cheneviz, et nous nous proposons d'être à Genève samedi.

(1) En français dans l'original.

A Miss Lucy Edgeworth.

Passy, 23 juillet 1820.

J'espère que cettre lettre vous trouvera à l'ombre des arbres de mon jardin, entourée de Sophie Ruxton, de ma mère, ainsi que de Sophie et de Pakenham. Je vois ce dernier s'empresser d'appeler mes tantes, pour lesquelles Honora avancera des chaises ; j'espère que Lovell sera aussi à la maison. Enfin, je vous vois tous réunis, ayant passé une nuit tranquille, tout marchant à souhait, et Honora ayant soin de placer ma tante Mary à contre-jour !.... et, enfin, Maria devient comme M. *Fitzherbert* qui raconte toujours à ses amis ce qu'ils font chez eux, au lieu de leur dire ce qu'il fait lui-même ! la seule chose intéressante pour eux.

Hier donc nous dînions, pour la dernière fois de cette saison, hélas ! avec l'excellent Benjamin Delessert. Le livre rouge que vous recevrez avec cette lettre se trouvait sur la table, parmi d'autres volumes, et avant le dîner j'en étais si enchantée, j'exprimais tellement le regret que Pakenham ne pût le regarder en même temps que moi, que le lendemain matin François

Delessert m'en a donné un exemplaire ; ce
sont *les Animaux savants* (1).

Nous n'avons jamais vu les cerfs à Tivoli ;
mais nous avons vu une femme marcher sur la
corde au milieu d'un feu d'artifice, et je ne
pouvais, pendant ce temps, m'empêcher de
fermer souvent les yeux. Tout en regardant
la gravure de ce livre représentant un cerf qui
danse sur la corde, je parlais de la merveilleuse
intelligence et du sentiment des animaux.
Une vieille dame, qui était là, me raconta
qu'elle avait vu des chevaux espagnols remplis
d'orgueil, c'est-à-dire ressentant davantage
une insulte, qu'un tort à leur égard. Ainsi l'un
d'eux, accoutumé à être très caressé par son
maître, le voyant un jour dans un champ parler
à un ami, vint, selon son habitude, près de lui
pour qu'il s'en occupât : il mit sa tête entre
celle de son maître et celle de son ami. Le
premier, très entraîné par la conversation, lui
donna un soufflet sur l'oreille. Le cheval retira
sa tête instantanément, prit cela pour un
affront, et jamais plus ne laissa son maître le
caresser, ni le monter.

(1) En français dans l'original.

Le petit *dessert* (1) envoyé à Pakenham (2)
a été pris à son intention dans une assiette de
bonbons au **dernier dîner chez Benjamin**. Il est
impossible de vous dire toute la bonté qu'on
nous a témoignée, toutes les attentions dont
nous avons été comblées dans cette si excellente famille! Le respect, l'affection, l'admiration avec lesquels, à *propos* de tout, grands
et petits se **souviennent de mon père** et de
ma mère, est chose bien touchante et bien
flatteuse.

Hier matin, nous parlions du *Son of a Genius*
de Mᵐᵉ Holland, très bien traduit sous le nom
de *Ludovico*. Je racontai à Mᵐᵉ Gautier l'histoire
de Mᵐᵉ Holland et j'allai chercher les vers qu'elle
écrivit pour le jour de naissance de mon père.
Mᵐᵉ Gautier me suivit et je lui montrai alors
les vers de Sophie qui me plaisent tant ! Sophie !
je vois vos joues se colorer! Fiez-vous à moi,
je ne vous ferai jamais aucun tort. Ces quelques lignes ont au contraire beaucoup touché
Mᵐᵉ Gautier. Elle s'arrêta au vers :

Et tous ces jours passés ne reviendront jamais !

(1) En français dans l'original.
(2) Le plus jeune frère de Miss Edgeworth.

et me dit en anglais : « C'est aujourd'hui l'anniversaire de la naissance de ma mère, que nous avions l'habitude de célébrer ; mais maintenant nous ne le faisons plus ; je porte seulement des fleurs sur sa tombe à une heure matinale. Elle et mon père sont enterrés dans ce jardin, à un endroit que vous n'avez pas vu. Je m'y suis rendue ce matin à six heures ; vous ne serez donc pas étonnée, ma chère amie, si ces vers de votre sœur m'ont émotionnée ! Je voudrais la connaître, je suis certaine que je l'aimerais. Ressemble-t-elle à Fanny, ou à Harriet ? » Tout ceci nous amena à causer de la différence qui existe entre nos frères et sœurs mutuels, et Mme Gautier se mit à faire une description éloquente du caractère de chacun de ses frères, qu'elle termina en disant de Benjamin : « Les hommes jouissent souvent de deux sortes de considération : l'une pour leur conduite dans la vie publique, l'autre pour leurs qualités privées. L'influence de Benjamin est égale dans les deux cas. Tous ici nous constatons sa supériorité, tous nous nous en rapportons à lui, comme à notre meilleur guide. Outre l'avantage d'avoir un tel ami, nous éprouvons un plaisir que rien ne peut égaler, celui de sentir

notre âme s'élever par la vue d'un caractère
que nous tenons en parfaite estime, et d'obtenir ce repos d'esprit qu'une confiance entière
seule, peut donner. »

Je m'aperçois toujours, quand j'arrive à la
fin de mon papier, que je ne vous ai pas dit
plusieurs choses amusantes mises en réserve
pour vous les raconter! J'avais donc toute
prête l'histoire d'un homme et d'une femme
arrivant de Cochinchine, que je dois, à présent,
réduire à sa plus simple expression. Très peu
de temps avant la Révolution française, un
soldat envoyé aux Indes fit naufrage, et finit
par arriver, Dieu sait comment, en Cochinchine, avec deux ou trois de ses compagnons.
Le roi était à la guerre ; il fut content des
quelques allusions qui lui parvinrent au sujet
de l'officier français. On l'encouragea à se fixer
dans le pays, il épousa une Cochinchinoise,
arriva à la puissance, aux honneurs, devint
mandarin de première classe, etc., et vers le
mois dernier arriva en France avec sa fille.
Lorsque ses parents s'avancèrent pour l'em-
brasser, elle recula d'horreur. Elle est devenue
complètement chinoise, et son idéal du bonheur
est de rester tranquillement assise, de ne rien

faire, pas même de se moucher ! J'espère que ses goûts et ses manières de voir ne changeront pas du tout au tout pendant son séjour en France, car elle serait alors très malheureuse ensuite en Chine, son père ayant donné sa parole d'honneur d'y retourner dans deux ans.

J'ai envoyé à ma mère une bouture de cactus soigneusement empaquetée, provenant du jardin de lord Carrington. J'espère qu'elle pourra pousser dans la serre.

A Mʳˢ RUXTON.

Chez M. Moilliet, Prégny-Genève, 5 août 1820.

Dès que je ressens une émotion forte, surtout quand elle est agréable, vous êtes de suite présente à ma pensée, amie de ma jeunesse et de mon âge mûr, qui ressemblez tant à mon père ! J'éprouve toujours le désir de vous communiquer immédiatement mes impressions.

Je ne croyais pas qu'il me fût possible d'avoir autant de plaisir à contempler les beautés de la nature que j'en ressens depuis que je suis ici. Le moment où je vis le Mont-Blanc fera époque dans ma vie. Il n'y eut plus dès lors dans mon esprit, qu'une idée, qu'un sentiment unique.

Nous sommes confortablement installées ici. Dumont, Pictet, le docteur et Mrs Marcet et plusieurs autres personnes y ont dîné et passé deux soirées. Quatre jours après notre arrivée, nous partîmes pour faire une excursion à Chamounix avec M. Pictet, aussi bon, aussi actif, et le cœur aussi chaud que jamais. L'indisposition de Suzanne a empêché Mrs Moilliet de nous accompagner, mais son mari et Émilie partirent avec nous, à cinq heures du matin, dans le landau de M. Moilliet. Il pleuvait à verse et les avis furent très partagés au sujet de l'opportunité du départ; enfin il fut décidé. La pluie cessa, le soleil se montra, le landau fut ouvert et tout fut dès lors délicieux.

Ma première impression sur le pays fut qu'il ressemblait au pays de Galles; mais le Mont-Blanc, couvert de neige, visible de tous les points, rendait le paysage tout différent de ce que j'avais vu jusqu'ici. Les versants des montagnes étaient aussi tout autres que ceux du pays de Galles. On les cultive comme un jardin; ce sont des vignobles verdoyants,

des pièces de terre ensemencées en blé de Tur-
quie, en chanvre, en pommes de terre, tout cela
sans clôtures d'aucun genre, et entremêlé
d'arbres et d'arbrisseaux. Puis soudain, à une
certaine hauteur, la culture cesse; ce ne sont
plus que des rochers dénudés, et plus haut
encore, des sapins s'élevant tout droit à une
prodigieuse hauteur. Entre le pied de la
montagne et la route, on voit une bordure
éclatante de verdure, à peu près de la largeur de
la pelouse qui, à Black Castle, sépare le treillis
de la maison de Suzy Clarke, couverte de châtaigniers, de noyers et d'épine-vinette, dont le
rouge vif jette une note de gaieté sur toute cette
verdure.

Les auberges que l'on trouve sur la route de
Chamounix sont bien meilleures que celles qui
sont sur la route de Paris. L'honnête famille de
l'hôtel de Chamounix nous plut beaucoup. Pictet
connaît tout le monde ici et partout où nous
nous arrêtions, on s'assemblait autour de lui avec
des visages empreints de cordialité. Depuis
les petits enfants jusqu'aux vieillards, tous
semblaient aimer « *Monsieur le Professeur* »,
Les guides, et en particulier Pierre Calmat
et son fils, sont des gens instruits et avec

lesquels il est agréable de causer. Il est
certain que, pendant six mois de l'année, ces
hommes vivent dans la société des voyageurs les plus distingués d'Europe. Malgré ces
guides, chacun de nous était armé d'un long
bâton à bout ferré, tel que mon oncle me les
décrivait il y a bien longtemps, et dont je ne
pensais pas devoir me servir un jour, et ainsi
équipés, nous descendîmes la Flégère dont
nous avions fait l'ascension à dos de mules. En
parlant à une vieille femme qui nous apportait
des fraises, je fus surprise de l'entendre pro-
noncer le proverbe italien : « *Poco a poco fa
lontano nel giorno* ». Je pensai qu'elle avait dû
aller au delà des Alpes, mais non ! elle n'avait
jamais quitté ses montagnes. Le patois de ce
côté est très agréable : il se ressent du goût
des Italiens pour les diminutifs et les accents
sur la dernière syllabe. Ainsi on prononce :
Septem*bré*, Octo*bré*.

Notre promenade de l'après-midi fut consa-
crée à la visite de la voûte de glace, à la source
de l'Arve. Puis, à la tombée de la nuit, nous
allâmes voir une manufacture de drap dont
s'occupe un seul homme, un paysan. De ses
propres mains il a entièrement fait les machines

à filer, à carder, à tisser et aussi bien les parties en bois qu'en fer. Il avait dans sa jeunesse travaillé dans une usine du Dauphiné. Ce travail était étonnant, et plus étonnantes encore étaient la philosophie et la modestie de l'ouvrier. Lorsque je lui dis : « J'espère que tout ceci réussit à vous faire gagner de l'argent pour vous et votre famille », il répondit : « L'argent n'est pas ce que je recherche. Je travaille juste assez pour me faire vivre ainsi que ma famille, et c'est tout ce que je désire. J'ai surtout en vue de nous occuper pendant les longues soirées d'hiver. Si tout ce travail me survit, cela pourra aider les miens, mais je ne m'arrête guère à cette hypothèse. Les fils pensent rarement, de même que leur père. Les miens peuvent donc ne tenir que peu de compte de ce qui m'a intéressé; s'il en est ainsi, eh bien ! voilà tout, à la grâce de Dieu ! »

La *table d'hôte* (1) de Chamounix, composée de trente personnes, était fort animée. Notre société a été agréablement augmentée par l'arrivée de M. et Mᵐᵉ Arago. Ils avaient été charmants avec nous à Paris et ils ont paru contents

(1) En français dans l'original.

de nous retrouver. Pendant une excursion que nous fîmes ensemble pour aller voir une cascade, M. Arago me raconta plusieurs aventures romanesques qui lui étaient arrivées en Espagne et en Algérie ; je vous les conterai plus tard, mais je veux vous dire dès à présent une curieuse anecdote sur Napoléon : A la suite de son abdication, il envoya chercher Arago et lui offrit une somme considérable, s'il consentait à l'accompagner en Amérique. Il avait formé le projet de s'y établir et d'y grouper des savants autour de lui ! Ce fut Mme Bertrand qui lui persuada d'aller en Angleterre. Quant à Arago il trouva si mauvais que Napoléon quittât ses troupes, qu'il ne voulut plus avoir aucun rapport avec lui.

Nous revînmes à Genève par la délicieuse vallée de Sallenches et de Saint-Gervais. Je ne vous mentionnerai pas une douzaine de cascades, plus belles les unes que les autres, elles me firent penser à *Ondine* que vous n'aimez pas, et à mon oncle *Friedelhausen.*

Nous avions laissé notre voiture à Saint-Martin et nous voyagions en *char à bancs* (1), véhicule dont Sophie et vous m'avez depuis long-

(1) En français dans l'original.

temps fait faire la connaissance! C'est le cousin germain du char à excursions irlandais. Nous étions trempés par la pluie et, comme mes sœurs et moi avions imprudemment doublé nos grands chapeaux de paille en vert, nous sommes arrivées à Saint-Gervais avec nos mentons et nos épaules recouverts d'une belle teinte de cette couleur! L'hôtel de Saint-Gervais est la maison la plus bizarre que j'aie jamais vue. On traverse, pour s'y rendre, une vallée enfermée entre des montagnes couvertes de pins élevés et paraissant éloignées de toute habitation, lorsque subitement, par une trouée dans la vallée, on se trouve devant un grand bâtiment ou plutôt, une construction en bois — en bois naturel — de forme basse et étrange, d'apparence demi-chinoise, demi-américaine, agrémentée de galeries, de dômes et d'auvents. Sous le toit en saillie d'une des galeries se tenait une dame en robe de soie pourpre, occupée à tresser de la paille, et plusieurs autres personnes en châles, en bonnets ou en chapeaux à fleurs; quelques-unes paraissaient très bien portantes, d'autres gravement malades, mais toutes se montraient curieuses de voir les nouveaux arrivants. M. Gontar, le propriétaire, me remit en mémoire

Samuel Essington (1). Plein de reconnaissance
pour M. Pictet qui avait découvert ces bains à
son profit, il tournait avec rapidité autour de
lui avec sa figure ronde tout en sueur, lui
disant mille choses à la fois; sa langue semblait trop grande pour sa bouche, et un goitre
lui rendait la prononciation difficile. Il nous
montra son installation, ses douches, ses
broches activées par la force de l'eau : ceci est
très ingénieux. Le dîner était servi dans une
pièce longue, basse et étroite, où environ cinquante personnes étaient réunies. Après le repas on nous fit entrer dans une pièce garnie de
rideaux de calicot très coquets. La société était
très bien composée. J'ai reçu beaucoup de
compliments inattendus sur le *Patronage* (2),
d'une marquise de Dijon, qui prend les bains
pour se débarrasser de rougeurs sur le nez;
survint ensuite une comtesse prussienne,
malade, très grande dame, et on parla de
nouveau du *Patronage*.

Les romans de Walter Scott sont tout aussi
connus ici qu'en Angleterre, et jugés d'une manière remarquable. Cette comtesse prussienne

_____

(1) Un vieux domestique.
(2) L'un des ouvrages de Maria Edgeworth.

m'a promis une lettre pour Mme de Montolieu.

A Chamounix, il existe un petit Musée de pierres, de cristaux où MM. Moilliet et Pictet ont pu combler de joie leurs âmes de géologues jusqu'à concurrence de sept napoléons.

L'auberge de Bonneville est une vieille anti-caille d'auberge, dorée, mais néanmoins d'une saleté irlando-française ! Pictet a acheté un moineau que des enfants lançaient en l'air vers une fenêtre, disant qu'il le rapporterait à son petit-fils. L'oiseau était agrémenté d'une huppe en drap rouge. Pictet le mit dans son chapeau sur lequel il attacha un mouchoir, et, nu-tête, par un soleil brûlant, il le rapporta à Genève.

6 août.

Le lendemain de notre retour nous dînâmes chez M. Marcet avec M. Dumont, M. et Mme Prévost, M. de la Rive, M. Bonstettein et M. de Candolle le botaniste, homme tout particulièrement aimable. Il nous parla de beaucoup d'expériences faites en vue de la guérison du goitre. Dans quelques contrées ce genre de maladie a disparu proportionnel-

lement au degré de culture de la terre. —
M. Bonstettein nous parla de crétins, de l'espèce la plus inférieure comme intelligence, qui
avaient coutume de se réunir devant la boutique
d'un barbier, ridiculisant tous ceux qui entraient chez ledit barbier, et riant aux éclats de
leurs propres imitations.

A Mrs EDGEWORTH.

Prégny, 10 août 1820.

J'ai envoyé à ma tante Ruxton un long récit,
trop long peut-être, de notre excursion à Chamounix. Depuis, nous avons dîné chez Pictet
avec ses filles, Mme Prévost-Pictet et Mme Vernet. Cette dernière est aimable, affectueuse, et
a dû être fort belle. Mais, la première de toutes, comme importance, est Mme Eynard.
M. Eynard se fait construire une maison splendide qui fait l'admiration, l'envie, et en même
temps le *scandale* (1) de Genève ! Nous l'avons
surnommée « le Palais de la République » !

(1) En français dans l'original.

Dites à Honora que Dumont est très bon et très cordial. Il jouit ici d'une grande considération. Avec Bentham, c'est le Mont-Blanc qu'il aime par-dessus tout ! Avant de l'avoir vu ici, je ne me rendais pas compte de son goût accentué pour les beautés de la nature. Il nous a conté une charmante anecdote sur Mᵐᵉ de Staël, alors qu'elle était toute jeune. Un jour que M. Suard entrait dans le salon de l'hôtel de Mᵐᵉ Necker, il vit celle-ci quitter cette pièce, dans laquelle Mˡˡᵉ Necker se tenait debout, dans une attitude mélancolique et les yeux pleins de larmes. Devinant que Mᵐᵉ Necker venait de gronder sa fille, Suard s'avança pour la consoler, et lui dit tout bas : — *Une caresse du papa vous dédommage bien de tout ça* (1). Elle répondit de suite, en essuyant ses larmes : — *Eh oui! monsieur, mon père songe à mon bonheur présent, maman songe à mon avenir* (2). N'y avait-il pas dans cette réponse plus que de la présence d'esprit ? N'y avait-il pas de la chaleur de cœur et de l'élévation de pensée ?

Dumont m'a parlé des *Mémoires* de mon père, de la manière la meilleure, la plus tendre et la

(1) En français dans l'original.
(2) *Ibid.*

plus affectueuse. Il m'a assurée que, d'après ce qu'il a entendu dire à toutes les personnes qui les ont lus, en Angleterre ou ailleurs, l'effet produit a été celui que nous désirions et espérions leur voir produire. Le manuscrit l'a tellement intéressé, m'a-t-il dit, qu'il n'a pu se placer au point de vue d'un lecteur indifférent.

Le gendre de M. Pictet, M. Vernet, nous a cité le compliment fait par un pasteur protestant de Genève au nouvel évêque catholique, compliment que la politesse française pourrait envier, et que je voudrais voir imiter par l'esprit de parti en Irlande et dans le monde entier « *Monseigneur, vous êtes dans un pays où la moitié du peuple vous ouvre son cœur, et où l'autre moitié vous tend les bras* (1). »

Nous avons pris une jolie et confortable calèche pour faire notre tour de trois semaines avec les Moilliet. Mais je veux d'abord vous parler de notre visite à M. et Mᵐᵉ de Candolle. Nous avons été chez eux pour voir quelques volumes de dessins de fleurs faits spécialement pour M. de Candolle. Mais je dois commencer par le commencement : Joseph Bona-

(1) En français dans l'original.

parte, que quelques personnes ont représenté
comme un pur ivrogne, fit cependant quelques
bonnes choses. Entre autres, il encouragea un
savant botaniste espagnol à se rendre au Mexique
pour s'occuper d'une *Flore mexicaine*. Ce savant
employa des artistes mexicains et dépensa pour
ce travail des sommes considérables. L'ouvrage
était terminé lorsque la révolution renversa
Joseph du trône, mais la gravure n'était pas
commencée. L'Espagnol quitta son pays, em-
portant son trésor, et se réfugia à Marseille
où il rencontra de Candolle qui, examinant
cette *Flore*, la trouva admirable pour être l'œuvre de Mexicains qui, en général, connaissent
peu les ouvrages scientifiques européens. Il en
marqua les points faibles et y travaillèrent
ensemble pendant dix-huit mois. Lorsque de
Candolle fut obligé de retourner à Genève,
l'Espagnol lui dit : « Prenez le livre, en ce qui
me concerne, je vous le donne; mais, si mon gouvernement le réclame un jour, vous me le ren-
drez. » De Candolle le prit, revint à Genève, où
il devint non seulement célèbre, mais adoré par
les Genevois. Cet été il a fait une série de cours
sur la botanique qui ont été portés aux nues.
Au moment où ces cours prenaient fin, il reçut

une lettre de l'Espagnol en question, lui annonçant qu'il venait d'être rappelé d'une manière
imprévue dans son pays, et que le roi lui avait
offert de reprendre la chaire de professeur qu'il
occupait autrefois. Il ne pouvait, ajoutait-il,
paraître devant le roi sans son livre, et, bien à
regret, il était obligé de demander à de Candolle
de le lui retourner dans les huit jours. Une
jeune dame de ses élèves, qui était présente, exprima son regret de perdre ces dessins et s'écria :
« Nous vous les copierons ! » De Candolle répondit que la chose était impossible. Cela représentait quinze cents dessins à faire en huit jours !
Cependant, quelques-uns en double, quelques
autres qui n'étaient pas particuliers au Mexique,
furent mis de côté ce qui réduisit le nombre à
mille ; ils furent distribués entre les artistes
volontaires. Le talent et l'habileté déployés
furent, dit-il, extraordinaires. Toutes se réu-
nirent pour la réussite de cette entreprise sans
vanité et sans rivalité. Celles qui ne pouvaient
peindre, dessinaient ; celles qui ne pouvaient pas
dessiner, calquaient ; celles qui ne pouvaient pas
calquer, se rendaient utiles en portant les dessins à droite et à gauche. L'un d'eux fut fait par
une vieille dame âgée de quatre-vingts ans. Nous

avons vu treize volumes in-octavo de ces dessins
faits en huit jours ! Naturellement il y en avait
de moins bons que d'autres, mais, ceux-là mêmes
me plaisaient encore. N'enseignaient-ils pas
qu'il s'était trouvé des êtres prêts à sacrifier leur
amour-propre (1) pour le plaisir d'autrui ?

De Candolle porta lui-même l'original à la
frontière ; il devait l'envoyer par Lyon. La
douane entre Genève et la France est une des
plus strictes et des plus tracassières de l'uni-
vers. A la vue du livre le douanier se mit à dire :
« Vous avez à payer pour cela quinze cents
francs. » Mais lorsque le douanier en chef eût
été mis au courant de toute cette histoire, il
fut pris d'enthousiasme et, avec quelque chose
comme une larme au coin de l'œil, il s'écria :
« Laissons passer ce livre ! Je risque ma position, mais qu'il passe ! »

A Miss Lucy Edgeworth.

Prégny, 13 août 1820.

Demandez à voir le livre : *Lettres physiques
et morales* sur l'*Histoire de la Terre et de*

(1) En français dans l'original.

l'Homme, adressées à la Reine d'Angleterre par M. de Luc. — 1778 (1).

Demandez à votre mère d'envoyer incontinent un messager à Pakenham Hall pour emprunter ce volume. Si le gamin ne l'en rapporte pas, demain matin à l'aube, envoyez-le de nouveau, lui ou tout autre à Castle Forbes et chez M. Cobbe qui, s'il ne possède pas le livre, devra être pendu, et écartelé s'il l'a, et ne vous le prête pas. Néanmoins si vous éprouviez là encore un échec, ne vous découragez pas malgré ces trois tentatives sans résultat. Envoyez un autre gamin — pas le même, parce que je suppose qu'il sera très fatigué — dans la matinée à Baronstown, et si vous ne réussissez pas cette quatrième fois, ordonnez-lui de ne s'arrêter ni de se reposer jusqu'à ce qu'il atteigne Sonna, où je pense qu'il le trouvera enfin ! Et si cet ouvrage ne vous amuse pas, je me serai grandement trompée. Passez rapidement sur les parties sévères (et il y en a pas mal), et vous trouverez à la fois le récit du voyage que nous allons faire et celui des sensations que nous avons éprouvées à la vue de

(1) En français dans l'original.

ces immenses chaînes de glaciers et de montagnes.

Si quelqu'un vous demandait un ouvrage dans
votre « *Société littéraire* », vous pourriez peut-
être indiquer le *Recueil des Éloges de M. Cuvier.*
Il ne contient pas seulement les *Éloges*, mais
encore la *Vie* des hommes de science depuis 1780.
C'est très bien écrit, et il y a une excellente
introduction. Les *Vies* de Priestley et de
Cavendish sont écrites avec tant d'impartialité
que M. Cheneviz même n'y trouverait rien à
redire.

A Mʳˢ Honora Edgeworth.

Berne, 10 août 1820.

Le jour de notre départ de Prégny, nous
avons déjeuné à Coppet. A la suite d'un malen-
tendu, M. de Staël ne nous attendait pas et
avait déjà déjeuné ; mais, comme il est extrêmement homme du monde, il ne fut pas *démonté* :
et tandis qu'on préparait le repas, il nous fit visiter la maison. Toutes les pièces habitées autrefois
par Mᵐᵉ de Staël ne pouvaient être pour nous

des chambres indifférentes ; elles frappaient notre esprit, et cette impression fut augmentée par le souvenir profondément respectueux témoigné à sa mémoire dans chaque parole, chaque regard, dans le silence même de son fils et de son amie, Miss Randall. M. de Staël est en train de corriger les *Dix années d'exil.*

Sitôt que nous eûmes quitté la table, il nous fit faire une charmante promenade dans la propriété qu'il améliore avec goût et jugement. Il nous racontait que jamais sa mère ne faisait paraître aucun ouvrage dans la forme première où elle l'avait conçu. Elle changeait l'arrangement et l'expression de ses pensées avec tant de facilité, et elle tenait si **peu à son** premier jet que souvent l'ouvrage était complètement refondu pendant le cours de l'impression. M. Necker n'avait jamais pu souffrir que, dans sa jeunesse, elle fît aucun préparatif pour écrire, de sorte qu'elle avait pris l'habitude d'improviser n'importe où, sur le coin de la cheminée ou sur un carton qu'elle avait à la main et toujours dans la pièce où se trouvait tout le monde, car son père ne pouvait non plus supporter qu'elle fût absente. Elle a conservé toute la vie cette habitude.

M. de Staël me raconta une entrevue qu'il
eut avec Bonaparte à l'époque où celui-ci était
exaspéré contre sa mère qui avait publié des
appréciations sur son gouvernement. Il conclut
en disant : *Eh bien! vous avez raison aussi. Je
conçois qu'un fils doit prendre la défense de sa
mère ; mais, enfin, si Monsieur veut écrire des
libelles il faut aller en Angleterre. Ou bien s'il
cherche la gloire, c'est encore en Angleterre
qu'il faut aller. L'Angleterre ou la France, il
n'y a que ces deux pays en Europe, dans le
monde* (1).

Avant, me dit Miss Randall, que personne à
Paris, possédât le *manuscrit de Sainte-Hélène*, un
exemplaire en avait été envoyé au duc de Wel-
lington qui le prêta à Mme de Staël. Elle le lut
de suite avec ardeur, mais quand elle en fut à la
moitié, elle s'arrêta en disant : « Où est Benjamin
Constant ? Nous l'attendrons. » Quand ce dernier
arriva elle lui fit le récit de ce qui avait déjà été
lu. Il écouta avec l'indifférence d'une personne
qui connaît ce dont on parle et enfin, pressé
de le lire, n'en reprit la lecture qu'à l'endroit
où elle en était restée. Quand l'ouvrage était

---

(1) En français dans l'original.

critiqué, il le défendait ou s'en formalisait
comme si l'attaque eût été personnelle. Accusé
d'en être l'auteur, il s'en défendit avec véhé-
mence, de sorte que Miss Randall lui dit : « Si
vous l'aviez nié simplement, j'aurais pu vous
croire ; mais comme vous en faites le serment,
je suis sûre que vous en êtes l'auteur ! »

M. de Staël nous présenta son jeune frère,
Alphonse Rocca. C'est un gentil petit garçon, de
physionomie aimable, pâle comme de l'ivoire, les
yeux d'un bleu foncé, ne rappelant enfin aucun
des traits de sa mère. Notre hôte qui parle parfaitement l'anglais, en homme du monde, nous
proposa une promenade sur le lac, qui nous fit
passer une heure délicieuse. L'eau d'un bleu
intense, reflétait les diverses colorations du soleil
se fondant dans les nuages qui passaient : c'était
vraiment un spectacle charmant. A notre retour,
pendant que nous nous reposions dans le cabinet de M. de Staël, Dumont nous lut l' « Ode
sur le lac de Genève » de Voltaire. Lisez-la, et
dites-moi à quel endroit vous trouvez qu'elle
eût dû commencer.

Nous couchâmes à Morges mardi et nous
arrivâmes tard et fatiguées à Yverdun. Le lendemain matin nous avons été visiter l'établis-

sement de Pestalozzi avec lequel nous avons renoué connaissance. Dites à ma mère qu'il est bien toujours le même homme, d'apparence inculte, avec dix-sept ans de plus, pourtant. Toute la direction de l'école est maintenant entre les mains de ses divers professeurs. Il se borne à introduire le visiteur dans la pièce et à réapparaître à son départ, sollicitant d'un regard irrésistible quelques mots de louange.

Notre retour depuis Yverdun par le lac de Neuchâtel fut charmant; nous n'arrivâmes à Payerne qu'à la nuit tombante et le lendemain seulement à Fribourg, où nous échouâmes dans la plus sale des auberges, que le sort eût pu nous réserver! On y sentait l'odeur d'un mélange inouï d'oignons, de graisse, de poussière et de fumier. N'importe, je supporterais tout cela, et plus encore, pour voir et entendre le Père Gérard. Mais je garde ceci pour Lovell lorsque je lui parlerai des écoles de Pestalozzi, de Follenburg et du Père Gérard. Vous ne saurez même pas qui est le Père Gérard!

Ensuite nous partîmes pour Berne. Dès qu'on entre dans ce canton, il est facile d'y constater une culture supérieure. Aussi trouve-t-on chez les paysans plus de confort, de santé, d'honnê-

teté, d'indépendance, et une apparence de force
propre à devoir leur faire supporter un travail
pénible. Le hêtre et le pin ont là, un développe-
ment superbe, et le mélange de leur verdure si
différente, sur le flanc des montagnes, produit
un contraste plein d'harmonie. En venant ici,
le plus bel éclair qui se puisse voir a déchiré
devant nous l'horizon.

Berne est une ville presque entièrement bâtie
en pierre blanchâtre, semblable à la pierre de
Bath et possède des rues dont les trottoirs sont
recouverts d'arcades, comme il y en a à Chester.
Un ruisseau clair coule au milieu et la ville est
entourée de délicieuses promenades. Dimanche,
les paysans revêtus de leur costume de fête,
formaient un coup d'œil très pittoresque.

J'ai conservé pour la fin le plaisir de vous
dire que M. de Staël et Miss Randall ont parlé
des *Mémoires* de mon père dans les termes les
plus élogieux.

MARIA A MISS WALLER.

Coppet, 1er septembre 1820.

Je suis certaine que vous avez entendu parler
de nous et de tout ce que nous avons fait

depuis Edgeworthstown jusqu'à Berne. Nous sommes allés ensuite à Thoune, où nous avons pris un *char à bancs*, petite voiture basse à quatre roues, ressemblant à la moitié d'un char à excursion irlandais, et recouvert d'une tente goudronnée. Dans ce véhicule où l'on est à l'abri de toute surprise et qui, j'en suis certaine, sauterait par-dessus une maison sans être renversé, nous allions, cahotés par les postillons suisses qui s'en acquittent, hélas! trop bien.

D'ailleurs que l'on soit en haut ou en bas des côtes, ces postillons ne se retournent jamais pour s'assurer si la voiture et les voyageurs les suivent. Par exception, quelquefois ils attirent votre attention sur une montagne, un glacier ou une cascade quelconque.

La vallée de Lauterbrunnen est splendide. Un torrent limpide la parcourt, se répandant en cascades tumultueuses. Elle est parsemée de châtaigniers, de noyers, de sycomores, et la verdure des montagnes y est éclatante. L'esprit est frappé par le contraste de montagnes plus lointaines, qui, au milieu de cette parure de l'été, restent couvertes de neige. Il éprouve le sentiment du sublime, qui jamais ne devient un sentiment banal. La hauteur de la cascade de Staubach, que nous vîmes à une heure très matinale, frappa d'étonnement mon esprit plus encore que mes yeux. Elle semblait être moins un liquide qu'une fine vapeur, et j'avoue que je fus désappointée après tout ce que j'en avais entendu dire. Nous visitâmes ensuite la vallée de Grindelwald. De là, nous apercevions un glacier qui semblait être très peu éloigné de nous, simplement peut-être la largeur de deux champs à traverser. Nous voulûmes nous y rendre, et en conséquence, quittant notre *char à bancs*, nous nous mîmes à gravir péniblement un terrain en pente, pensant arriver au bout de quelques minutes. Mais quelle illusion ! quelle longue marche nous eûmes à faire ! environ deux milles. Ce genre de déception nous arrive souvent à cause de la transparence de l'air, de la forme peu ordinaire de choses pour lesquelles nous n'avons pas de point de comparaison, et que nous n'avons pas l'habitude d'apprécier. Nous fûmes pourtant récompensés de notre peine, en arrivant à la source de Lutzen qui jaillit d'une voûte de glace. La rivière coule claire, étincelante au milieu de la vallée, tandis qu'au-dessus de cette voûte s'élève une mon-

tagne de glace, entourée elle-même d'un amon-
cellement de glaciers, non pas unis ou unifor-
mes, mais affectant l'aspect de pyramides, de
voûtes, de blocs immenses remplis de crevasses
et de ravins. La vue et le bruit de cette eau
jaillissante unis à la solennelle immobilité des
glaciers formaient un contraste sublime.

Au pied même de ces glaciers, dans le gazon,
nous avons trouvé les fraises des bois les plus
délicieuses.

A Interlaken, nous avons rencontré Sneyd (1)
et Henrica, dans une des parties les plus pittoresques de ce charmant pays. En les quittant,
nous nous rendîmes au lac de Brienz où nous
eûmes une heure de navigation délicieuse ;
puis, ayant abordé dans une petite baie, nous
avons escaladé une montagne pour voir la cascade de Giesbach, la plus belle assurément de
toutes celles que nous avons vues jusqu'ici,
et dépassant tout ce dont la peinture et la poésie
m'avaient donné l'idée. Cela est réellement très
difficile, sinon impossible de rendre l'effet
d'une cascade, effet qui provient de la hauteur
de sa chute, de sa force, du scintillement et de

(1) Demi-frère de Maria, fils de la troisième Mme Edgeworth et sa femme Henrica Broadhurst.

l'écume produits par cette tumultueuse agi-
tation ; enfin, de la grandeur des objets envi-
ronnants.

Après le lac de Brienz, nous arrivâmes à la
célèbre vallée de Meyringen qui nous avait été
tant vantée. Soit par suite de la perversité
habituelle à la nature humaine, soit que nous
fussions blasés par la magnificence de tout ce
que nous avions déjà contemplé de cascades et
de vallées, ou par la vue des Alpes, nous ne
fûmes pas enthousiasmés, bien que je doive à la
justice de dire qu'à elle seule, elle possède neuf
cascades !

Nous passâmes la nuit dans une auberge construite en bois. Levés à trois heures, nous étions
avant quatre heures, montés sur nos chevaux,
partant pour le Brunig. Après l'ascension de la
Flégère à Chamounix, le passage du Brunig
n'était plus qu'une misère. *Brava ! brava !*

Mais il nous advint quelque chose, à moi et
à mon cheval, dont le résultat fut que je montai
et descendis le Brunig sur mes deux jambes au
lieu des quatre du cheval, et, pourtant sans être
le moins du monde fatiguée de trois heures
d'efforts constants pour me raccrocher à la
montée et à la descente.

A la petite ville de Sarnen, nous mangeâmes
des œufs et bûmes du vin aigre. M. Moilliet,
Fanny et Harriet remontèrent à cheval, Mrs Moilliet, Emilie, Suzanne et moi prîmes un *char à
bancs* construit d'une tout autre manière que
le premier. Les banquettes, au lieu d'être placées de côté, étaient les unes devant les autres,
faisant face aux chevaux. Mais que de cahots
nous eûmes à supporter ! que de soubresauts
nous jetant d'un bord à l'autre ! Cependant nous
n'avons pas versé, et nous arrivâmes sains et
saufs à la ville de Stanzstadt où, après avoir vu
dans la chambre la plus sale, de la plus sale des
auberges, une servante ayant un des deux yeux
dont la nature l'avait gratifiée, horriblement
poché, nous prîmes le bateau au moment du
coucher du soleil et passâmes deux heures délicieuses à naviguer sur le lac de Lucerne que je
préfère à tous les autres, heureux de contempler
le paisible aspect de la pleine lune se reflétant
dans l'eau et les étoiles étincelant dans un ciel
bleu. Devant nous, avec quelques lumières scin-
tillant çà et là aux fenêtres, la ville de Lucerne,
se dressait dans l'ombre. Le vent se calma et
subitement le ciel se couvrit de nuages; le ton-
nerre se fit entendre, des éclairs fulgurants

s'élancèrent du fond des montagnes et traver-
sèrent la ville, l'éclairant par intervalles d'une
manière fugitive.

Il faisait nuit lorsque nous avons débarqué,
et il nous fallut traverser deux ou trois rues
remplies de servantes, de guides, de bagages
encombrant notre route. Mais, pauvres gens
que nous étions ! nous nous trompâmes de chemin, et, avant d'aboutir au bon endroit, nous
dûmes recevoir sur nos têtes et nos épaules une
véritable trombe d'eau. En cinq minutes, courant aussi vite que cela nous était possible,
nous fûmes transpercés et Fanny en traversant
la rue, et en tirant du paquet porté par le guide
un manteau pour moi, fut presque renversée ;
mais elle résista, et tout ruisselants d'eau, nous
arrivâmes enfin à notre auberge : le Cheval
Blanc. Nous revêtîmes des vêtements secs, puis
ensuite vinrent le thé, le café, des lits agré-
mentés de punaises, et malgré tout, un excellent
sommeil.

A Lucerne, nous rejoignîmes notre landau et
notre *calèche* (1) qui nous conduisirent à Zug,
où se trouve un célèbre couvent de femmes

_____

(1) En français dans l'original.

qui échappa à la destruction révolutionnaire,
l'abbesse et les nonnes y ayant établi une
école de filles pour les gens du voisinage, ce
qui leur permit de continuer à enseigner la
lecture et la couture ; Mme Gautier nous avait
engagés à y aller, ce que nous fîmes.

A notre arrivée, nous dûmes attendre quelques instants, les religieuses étant au réfectoire.
Le repas terminé, l'une d'elles vint à notre rencontre ; elle avait une figure fraîche, aimable
et ouverte, un teint chaud, et paraissait heureuse et bien portante ; son costume très seyant
était composé d'un chaperon blanc, d'une robe
et d'une pèlerine brune. Elle salua respectueu-
sement, et ne parlant ni français ni anglais,
nous invita par signes à la suivre, et nous conduisit à travers des cloîtres et des cours, à la
pièce où se tenaient les pensionnaires dont ces
sœurs font l'éducation.

Une jolie fille Italienne, aux cheveux noirs
bouclés, quitta le piano pour nous recevoir ;
elle s'exprimait avec grâce et assez de conten-
tement d'elle-même, dans un langage moitié
italien moitié français, et se joignit à notre con-
ductrice pour nous servir d'interprète. Toutes
deux nous dirigèrent vers un petit parloir dans

lequel des religieuses et des pensionnaires brodaient des ouvrages variés en soie, en coton, en chenille, en perles, les uns laids, d'autres jolis ou excentriques, mais tous parfaitement inutiles. Fort heureusement aucun d'eux n'était terminé pour le moment, ce qui sauva nos bourses du danger et notre goût du déshonneur !

Dans un coin de l'appartement de notre interprète italienne, une très mauvaise gravure représentant le roi et la reine de France faisant leurs adieux à leur famille, avait attiré mon attention. Au-dessous de cette gravure étaient écrits quelques mots en langue allemande. Je pensai que l'abbé Edgeworth devait à bon droit y être représenté, d'autant plus qu'il y avait un personnage dans le groupe donnant l'idée vague d'un abbé et quelque chose comme le mot *Edgewatz* dans l'indication allemande. J'indiquai du doigt cette partie de la gravure à l'interprète la priant d'expliquer aux religieuses et à l'abbesse, qui venait d'arriver, que nous étions des proches parentes du confesseur de Louis XVI, l'abbé Edgeworth. Ce fait, difficilement compris par l'Italienne d'abord, par les religieuses ensuite, parvint enfin, en langue alle-

mande, jusqu'à l'esprit supérieur de l'abbesse.
Dans le premier récit, j'entendis une erreur qui,
très certainement, se répercuta dans tous les
autres ; erreur qui consistait à dire que nous
étions *proches parentes* non pas du confesseur
du roi, mais bien du roi lui-même ! Les religieuses ouvrirent des yeux démesurés et souri-
rent à la file, à mesure que cette idée de grandeur arriva jusqu'à leur compréhension puis
à celle de l'abbesse, une excellente femme,
gracieuse et polie dans ses manières envers les
étrangers, et de toute évidence supérieure aux
autres religieuses comme naissance et éducation.

Il me vint une idée, ou comme dit M. Barrett
de Navau, « *j'eus l'opinion Madame* » que l'habit
de nonne siérait très bien à Fanny. Je m'en
expliquai avec audace à mon interprète, qui
tout d'abord pensa cette requête impossible à
adresser ; mais, sur mes instances, elle la présenta à la première religieuse, qui consulta la
seconde, laquelle, vivement pressée par moi, en
référa en dernier appel à l'abbesse qui, souriant
avec une grande bonté, nous indiqua d'un geste
l'étage supérieur. Immédiatement, deux des
sœurs nous conduisirent Fanny et moi à travers

des escaliers et encore des escaliers, des couloirs et toujours des couloirs, jusqu'à une
chambre de religieuse, petite (vous entendez
que c'est la chambre qui est petite), très gen-
timent ornée de fleurs, de reliques et d'albums
de sujets religieux.

Les sœurs coururent à une armoire et en
sortirent une quantité de coiffes et de ban-
deaux plissés, les examinant soigneusement
comme l'eût fait une belle pour son anniversaire, afin de choisir ceux qui convenaient le
mieux. L'une d'elles courut chercher le reste
des vêtements et pendant ce temps, j'enlevai à
Fanny ses ornements mondains, sa robe de
batiste brodée et son chapeau de paille qui, par
parenthèse, fit l'admiration de la seconde religieuse, ce qui prouve qu'elle n'avait pas tout
à fait oublié les frivolités du monde ! L'empressement avec lequel elles habillèrent Fanny, le
soin qu'elles mirent à fixer le bandeau, à rentrer
les boucles de cheveux, à poser la coiffe sur sa
tête, la rabattant jusqu'à ce qu'elle fût exactement à la place convenable, tout cela fut extrêmement amusant. Il n'est pas de coquette allant
à Almack's qui eût déployé un soin plus méticu-
leux, ni exprimé plus de joie au succès triom-

phant de sa toilette. Elles poussèrent des excla-
mations en allemand et levèrent vers le ciel
leurs mains et leurs yeux, tant la vue de Fanny
en habit de religieuse les mit dans l'admiration !
Le langage universel des gestes et celui non
moins universel de la flatterie ne furent pas
perdus pour moi. J'aimais réellement ces religieuses et elles me firent penser à celles de ma
tante Ruxton qui avaient été si bonnes pour
elle. Nous conduisîmes notre novice au rez-de-
chaussée, traversant de nouveau les corridors
et les escaliers ; les religieuses lui enseignèrent
comment elle devait tenir ses mains rentrées
dans ses manches et lui demandèrent son nom.
Ayant appris qu'elle s'appelait Fanny ou Frances,
ce fut encore une joie parce que l'une d'elles se
nommait Francès et l'autre Agnès. Lorsque
Sœur Francès la seconde, flanquée de Sœur
Agnès, et de Sœur Francès la première, entra
dans le parloir où nous avions laissé l'abbesse,
Mʳˢ Moilliet, Emily et Suzanne, aucune d'elles
ne la reconnut. Mʳˢ Moilliet me raconta plus
tard qu'elle se disait à elle-même : comme cette
religieuse qui arrive est gracieuse !

Après que tout le couvent eut tourné autour
d'elle, l'eut admirée, et que nous eûmes toutes

beaucoup ri, l'abbesse me fit dire par l'interprète que nous ne pouvions faire moins maintenant que de lui laisser la jeune novice et elle
devenait si affectueuse pour Fanny, que je fus
aussi pressée de lui faire enlever ses vêtements
de bure que je l'avais été de les lui faire
prendre !

Quand tout fut terminé, je m'aperçus que
je n'avais pas la moindre chose à donner à
ces pauvres sœurs, n'ayant pas de poches et
ayant laissé mon sac dans la voiture ! Enfin,
après avoir bien cherché, j'enlevai mes petites
boucles d'oreilles en or ; j'en donnai une à
l'une d'elles et Fanny offrit l'autre. Puis Sœur
Francès et Sœur Agnès s'agenouillèrent pour
prier pour nous et nous remercier.

A Mʳˢ EDGEWORTH.

Prégny, 6 septembre 1820.

Le bruit de la perte de trois des guides de
Chamounix n'est, hélas ! que trop réel. Ces
malheureux ont péri en posant les pieds sur des
crevasses recouvertes de neige fraîchement

tombée! L'un d'eux était Joseph Carrier qui avait été le guide d'Harriet. Mrs Marcet nous a dit qu'à un déjeuner donné quelques jours après l'accident par M. Prévost à M. Arago et à plusieurs autres savants et hommes de lettres, les avis étaient très partagés sur cette affaire, comme dans toute chose. Les uns disaient que toute la faute venait de M. Hamel, les autres, au contraire, qu'elle incombait absolument au guide. Quelqu'un se mit à dire qu'il était regrettable qu'un des Anglais faisant partie de l'expédition ne fût pas là, afin qu'on pût savoir la vérité. Au même moment le domestique, faisant entrer un étranger, annonça « *M. Rumford* ». Du moins le nom, mal prononcé par cet homme, était de même assonance, et ils pensèrent que le comte Rumford ressuscité allait se présenter devant eux! M. Prévost s'avança pour recevoir l'étranger. C'était M. Dornford, un des Anglais ayant, avec M. Hamel, pris part à cette terrible expédition. Il venait, disait-il, demander la permission de rétablir les faits qui paraissaient être présentés sous un jour défavorable à M. Hamel.

Ils étaient partis, le Dr Hamel, M. Henderson, M. Lellèque, naturaliste français, et lui, sans que ce guide les dissuadât de faire l'ascension

du Mont Blanc. Il leur avait seulement conseillé
d'attendre qu'un nuage menaçant fût passé.
Lorsque le temps fut éclairci, ils partirent tous
très gais, les guides faisant des trous dans la
neige pour y poser leurs pieds. Il est à supposer
que ce petit travail détacha la neige fraîchement tombée et ils en reçurent une grande quantité sur la tête. M. Dornford allait en avant,
il secoua la neige qui tombait et n'eut aucune appréhension. Tout au contraire, il
s'en débarrassa en riant, et se remettait en
route lorsqu'il entendit un cri proféré par
ses compagnons; se détournant, il en vit
plusieurs se débattre sous la neige. Il s'efforça
alors de les dégager, puis, apercevant encore
un point mouvant, il s'y dirigea et tira violemment Marie Contay, un des guides, déjà tout
congestionné, mais que l'action de l'air put
remettre. M. Dornford regarda alors autour
de lui, et s'aperçut que deux guides manquaient!
On les chercha vainement, mais on tient pour
certain que ces malheureux ont dû tomber dans
un des profonds ravins dont les excursionnistes
étaient entourés et qu'ils y auront péri !

A Mrs Ruxton.

Lausanne, 14 septembre 1820.

Depuis des siècles je me suis promis le plaisir
de dater de Lausanne une de mes lettres à ma
chère tante, et maintenant que je suis dans
cette ville dont je vous ai si souvent entendu
parler, que j'ai si souvent désiré voir moi-même,
je puis à peine le croire! Nous avons déjà passé
ici il y a une quinzaine de jours, au retour de
notre excursion dans les *Petits Cantons*, mais
nous n'avons alors pu jouir de rien, ayant appris
par Sneyd, rencontré à Interlaken, la terrible
maladie de Lucy (1). Quelle consolation pour
ma mère de penser qu'elle a été sauvée par la
fermeté et la présence d'esprit de Sophie, par
la décision de Lovell, l'habileté et les soins de
Crampton!

Hier nous avons commencé notre tour du lac
de Genève, Dumont, Fanny, Harriet et moi
installés dans une voiture de campagne, mélange de calèche et de voiture à grelots irlan-

(1) La plus jeune des filles de la quatrième Mme Edgeworth.

daise, ayant une vague ressemblance avec un corbillard, le dessus couvert dans le but de garantir les voyageurs du soleil, et soutenu par des pieux en fer. Il était tard quand nous sommes arrivés ici, et il faisait très sombre. On n'était éclairé par-ci, par-là, que par quelques lampes suspendues à des cordes tendues dans la largeur des rues ; nous pouvions à peine distinguer la forme de nos quatre grands chevaux noirs, faisant de violents efforts pour grimper dans ces rues presque perpendiculaires. Comment avez-vous jamais pu supporter cela, ma chère tante ? Vous avez dû avoir des craintes perpétuelles pour votre existence ! La description que fait lord Bellamont du comté de Cavan, tout en montées et en descentes, sans qu'on arrive jamais à quelque chose d'horizontal, s'applique certainement à Lausanne. Je suis sûre que les chevaux de poste de toutes les parties du monde se disent lorsqu'ils se rencontrent dans une écurie : — Avez-vous jamais été à Lausanne ? Est-ce que vous ne détestez pas cette ville-là ? Comment les hommes ont-ils pu bâtir une ville dans un endroit pareil ! Quels ânes ! et quels caractères contrariants ! Pendant que nous avons le dos rompu, ils s'amusent à parler du pittoresque. Que diraient-ils, si nous les laissions aller à leur guise, et ne les empêchions pas de glisser dans ces sites agrestes !

Malgré cela, la ville est si remplie, que nous n'avons trouvé à nous loger qu'avec peine, et seulement après que Dumont et son domestique furent allés de côté et d'autre, au Faucon, au Lion d'Or, aux Balances, etc., etc... Tout était rempli jusqu'aux combles ; aussi nous estimâmes-nous heureux de nous trouver enfin dans de mauvaises chambres d'une mauvaise auberge, où cependant les lits étaient propres et bons. N'étant pas d'esprit maussade, nous prîmes notre café et fûmes, néanmoins, satisfaits. Pendant qu'on préparait les chambres, Dumont nous lut une jolie petite pièce du théâtre français *le Faux Savant.*

15 septembre.

Notre première occupation ce matin fut d'aller voir Mme de Montolieu, auteur de *Caroline de Lichfield,* pour laquelle j'avais une lettre d'introduction. Elle n'était pas à Lausanne, nous dit-on, mais à sa maison de campagne de

Bussigny, à environ une lieue et demie de la ville. La matinée était délicieuse et nous nous rendîmes chez elle en suivant des sentiers agrestes, des montées et des descentes sans fin, jusqu'à ce que nous nous trouvâmes au milieu d'un champ labouré! Notre cocher qui, depuis notre départ, nous assurait être très sûr de son chemin, fut alors obligé de baisser pavillon et de tourner bride. Il dut se renseigner pour trouver Bussigny, village composé de chalets suisses dispersés çà et là sur les rochers et dominant une vue très étendue. Dans la cour de la maison où l'on nous avait dit devoir trouver Mme de Montolieu, nous aperçûmes une dame de stature élevée, d'aspect très actif et ayant tout à fait la tournure d'une personne de distinction. Nous ne supposions pas que ce pût être Mme de Montolieu, parce que, depuis une demi-heure, notre erreur de route avait rendu Dumont de mauvaise humeur et il ne cessait de nous répéter que c'était une femme très âgée et qu'elle ne pourrait certainement pas nous recevoir! Elle était, disait-il, déjà très vieille il y a une trentaine d'années, elle devait donc avoir quatre-vingts ans, au moins! A notre arrivée elle était gratifiée de quatre-vingt-dix ans! Cette

dame n'en paraissait pas plus de cinquante.
Elle s'avança vers la voiture qui s'arrêtait et nous
demanda à qui nous désirions parler. Dès que
je la vis, je compris que ce devait être Mme de
Montolieu et, me penchant, je lui remis la lettre
d'introduction, ainsi que notre carte. Elle n'ouvrit pas la lettre, mais après avoir jeté un coup
d'œil sur la carte, elle répéta notre nom d'une
voix aimable et nous fit un charmant accueil.
Je m'élançai de la voiture, et elle m'embrassa si
cordialement, reçut mes sœurs avec tant de
bonté ainsi que M. Dumont, que nous fûmes
tout de suite à notre aise avec elle, et, au
bout de quelques instants, comme d'anciennes
connaissances.

Pendant qu'elle se rendait dans l'anticham-
bre pour y chercher un panier de pêches,
j'eus le temps de regarder les gravures de
son petit salon qui représentaient diverses
scènes de *Caroline de Lichfield*. C'étaient de
mauvaises gravures démodées : Caroline et le
comte Walstein dans les toilettes d'il y a trente
ans !

En rentrant, Mme de Montolieu me supplia de
ne pas regarder ces affreuses gravures et
m'expliqua comment il se faisait qu'elle les

possédât. Elles lui avaient été données par
Gibbon : ce fut lui qui s'occupa de la publication de *Caroline de Lichfield*. Mᵐᵉ de Montolieu
avait écrit ce roman pour amuser une de ses
tantes tombée malade. Une histoire allemande,
de trois ou quatre pages, lui en avait donné
l'idée première, car, me dit-elle, je n'ai jamais
pu inventer ; mais qu'on me donne une idée, si
légère soit-elle, cela suffit, je peux alors créer
les caractères et trouver tous les détails de
l'action. Au moment où le roman fut terminé,
Gibbon eut l'occasion de faire connaissance
avec sa tante, qui le lui fit lire. Il s'empara du
manuscrit, disant qu'il le ferait publier. Il s'en
occupa en effet, et l'ouvrage obtint plusieurs
éditions, en quelques mois. Au moment de sa
plus grande vogue, Gibbon, alors à Londres,
trouva ces gravures et les apporta à Mᵐᵉ de
Montolieu en lui disant qu'il désirait lui offrir
des gravures qu'il venait d'acquérir mais ne
les lui donnerait qu'à la condition qu'elle lui
promît de les exposer dans son salon. Elle fit
de vains efforts pour savoir à quoi elle s'enga-
geait, mais Gibbon tint bon. La curiosité pré-
valut, elle promit et dut exposer à tous les
regards ces productions peu artistiques.

Mᵐᵉ de Montolieu a dû être très belle femme.
Elle nous dit avoir soixante-dix ans. Elle a de
beaux yeux noirs pleins de feu, une physionomie mobile et pleine de vie, de la chaleur de
cœur et de l'imagination, choses qui semblent
ne devoir être que le privilège de la jeunesse.

Nous entrâmes dans une galerie en bois
reliant les deux parties de la maison. A l'une
des extrémités était installée une table sur laquelle Mᵐᵉ de Montolieu écrivait à notre arrivée. Nous parlâmes plusieurs fois de partir,
mais sans en avoir grande envie. Enfin, Dumont
ayant eu la pensée de lui demander si elle pouvait nous indiquer le chemin conduisant à un
vieux château des environs, dont on lui avait
vanté l'intérêt, le château de Viernon : « Il
appartient justement à mon frère, » nous dit-elle;
et tout de suite elle ajouta qu'elle allait nous accompagner et nous le faire visiter. La voiture fut
envoyée en avant sur la hauteur et nous allâmes
la rejoindre en suivant les bords sinueux d'une
jolie rivière. Comme nous arrivions à un pont
de bois jeté au-dessus d'une cascade, un petit
roquet accourut vers nous, précédant le baron
et Mᵐᵉ de Polier. Mᵐᵉ de Montolieu expliqua à
son frère qui nous étions. Mᵐᵉ de Polier est

Anglaise, et je découvris avec surprise qu'elle était la nièce du vieil ami de mon père, M. Mundy, de Markeaton. Nous fûmes tous au regret de quitter notre hôtesse ; cependant il fallait retourner à Lausanne où Dumont dans la soirée nous lut *la Somnambule*, lecture très amusante, rendue plus amusante encore par sa merveilleuse diction.

Prégny, 20 septembre.

Le lendemain, très jolie promenade à Vevey, ce que vous savez déjà. Après avoir visité Chillon où le nom et les armes de lord Byron sont gravés sur le pilier de Bonivard, je lus de nouveau le poème et le trouvai pathétique et sublime. Comment cet homme peut-il avoir perverti ce grand don de sensibilité qui était en lui !

Avez-vous été à Saint-Maurice ? Si vous n'avez pas fait ce voyage il m'est impossible de vous donner une idée du délicieux coup d'œil qu'offre le point de vue lorsque l'on arrive. Mais quelle ville misérable ! Lorsque Fanny eut terminé le croquis d'un groupe d'enfants qu'elle

voyait de la fenêtre de l'auberge, nous finîmes
notre soirée en écoutant Dumont lire d'une manière incomparable, *les Châteaux d'Espagne* (1).

Le lendemain matin nous allâmes nous promener sur la partie du Simplon qui, grâce à
Bonaparte, est devenue une route jusqu'à *Saint-
Gingolphe* où nous restâmes quelques heures
sur le lac. Dumont nous dit qu'il était déjà venu
dans ce lieu avec Rogers, lequel en fut si
enchanté qu'au lieu d'y rester un jour, comme
il en avait l'intention, il s'y arrêta une semaine.
N'ayant pas, comme nous le pensions, rencontré les Moilliet à Saint-Maurice, nous en
étions très inquiets ; mais nous les trouvâmes
très tranquilles à notre arrivée à Prégny le
lendemain. Comme ils n'étaient pas très bien
portants, Mrs Moilliet les **avait gardés** à la
maison. On ne peut pas être meilleur qu'ils ne
le sont pour nous.

Deux jours après notre arrivée à Prégny nous
avons dîné à Coppet. Le duc et la duchesse de
Broglie y sont en ce moment. Nous y avons
aussi trouvé M. de Stein (2), un diplomate

(1) En français dans l'original.
(2) Charles, baron de Stein, ministre du roi Frédéric-
Guillaume IV de Prusse.

célèbre, et M. Pictet-Déodati dont Mme de Staël disait : « Si on pouvait saisir Pictet-Déodati par sa cravate et lui donner une bonne secousse, que de bonnes choses il en sortirait ! »

Malagny, chez le Dr Maret, septembre.

Nous sommes arrivés ici vendredi dernier et avons agréablement passé notre temps avec notre excellente amie Mrs Marcet. Ses enfants aiment tous beaucoup le docteur Maret. On voit qu'il est leur compagnon et leur ami. Nous nous sommes tous amusés à faire une montgol-fière en papier de 16 pieds de diamètre sur 30 de hauteur. On avait invité beaucoup de monde pour son ascension, qui eut lieu par une très belle soirée. On gonfla le ballon devant la mai-son, sur la pelouse qui descend en pente douce vers le lac : comme vis-à-vis, le Mont-Blanc, s'élevant magnifique et doré au sommet par le soleil couchant. Après quelques émotions au sujet d'un trou dans le haut du ballon par lequel on voyait sortir la fumée — un mau-vais présage — toute la suite eut beaucoup de succès. Le soleil s'était couché et nous

pouvions le voir se refléter sur un des côtés du
ballon, de sorte que celui-ci semblait être un
globe moitié de glace et moitié de feu, un demi-
soleil ou une demi-lune suspendu dans les airs.
Il se rendit exactement à un mille de distance.
Je dis exactement, parce que Pictet mesura la
hauteur avec un instrument de nouvelle
invention que je vous décrirai lorsque nous
nous retrouverons. L'air est ici tellement pur,
qu'à cette hauteur nous distinguions la mont-
golfière très nettement.

M. Pictet de Rochemont, frère de notre vieil
ami, s'est donné beaucoup de peine pour tra-
duire les meilleurs passages des *Mémoires* de
mon père pour la *Bibliothèque universelle*. Nous
étions hier chez lui, en nombreuse société, et
nous y avons trouvé Mme Necker de Saussure
beaucoup plus agréable que son livre. Ses manières et sa physionomie nous remirent en
mémoire notre si chère Mrs Montray. Elle est
sourde comme elle, son expression est empreinte
de la même résignation, exempte de défiance
quand elle ne parle pas et prêtant la même attention aimable à la personne qui lui parle.

Château de Coppet, 28 septembre.

Nous sommes arrivés ici hier et occupons les appartements de Mme Necker; ils ont accès sur ce qui forme maintenant la bibliothèque, mais qui autrefois était ce théâtre sur lequel Mme de Staël jouait sa *Corinne*! Hier soir, quand Mme de Broglie m'eut placée près du vieil ami de la famille, M. de Bonstettein, celui-ci me dit tout bas : « Vous êtes en ce moment à la place exacte, sur la chaise même où Mme de Staël avait l'habitude de s'asseoir. » Ses amis lui étaient extrêmement attachés. Ce vieillard parlait d'elle avec des pleurs dans les yeux, et tout dans son aspect dénotait un sentiment plein de douleur et de sincérité.

Il règne dans cette maison une inexprimable mélancolie. Quelque chose de solennel existe dans ces pièces où s'offre sans cesse à la pensée, cette idée : Ici était le génie! Ici régnaient l'ambition, l'amour! tous les grands mobiles des passions humaines! Ici vivait Mme de Staël! Le respect rendu à sa mémoire par son fils et sa fille et par M. de Broglie même, est touchant. Le petit Rocca, qui a sept ans, est un enfant

vieillot, bizarre, froid et prudent, ressemblant
aussi peu que possible à ce qu'on supposerait
devoir être le fils de tels parents. M. Rocca,
frère du père de l'enfant, est ici. C'est un bel
homme, mais je ne peux rien dire de plus sur
lui. M. Sismondi et sa femme dînent ici ainsi
qu'une famille Saladin, père, mère et fille. M. de
Staël m'a promis de me montrer les lettres
d'amour de Gibbon à sa grand'mère, se termi-
nant régulièrement par ces mots : *Je suis,
Mademoiselle, avec les sentiments qui font le
désespoir de ma vie*, etc... (1).

M. de Bonstettein, ami du poète Gray, me dit
qu'il vit, en Suède, il y a environ trente ans, dans
un coin de jardin, des pommes de terre considérées comme une curiosité. Le propriétaire
lui disait : « Je me suis laissé dire que dans
quelques pays on mange la racine de cette
plante ! » Ces mêmes pommes de terre sont
maintenant très cultivées dans ce même pays,
et très appréciées.

(1) En français dans l'original.

Maria a Miss Honora Edgeworth.

Lyon, Hôtel du Nord, 23 octobre 1820.

Lyon! Est-il possible que je sois à Lyon dont j'ai tant entendu parler par mon père et ma mère? Lyon, où l'esprit actif de mon père a fait loi autrefois, et où à présent sa trace et son souvenir sont à peine restés! Les Perrache sont tous partis; Carpentier et Bons sont des noms tout à fait inconnus. Un des descendants de la Verpillière a une belle maison ici, mais il est à la campagne.

L'aspect de la ville, la belle façade des principaux monuments, la place Bellecour, étaient pour moi pleins de mélancolie par le souvenir des gravures si connues, renfermées dans notre grand portefeuille et auxquelles la description si brillante de mon père ajoutait tant d'éclat! J'entends sa voix dire : « La place Bellecour et l'Hôtel de Ville sont debout après les horreurs de la Révolution, tandis que les créatures humaines les meilleures, les plus capables, celles qui étaient le plus remplies de vie et de gaieté toutes ont disparu! »

C'est un soulagement pour moi de verser
tout cela dans votre cœur. Je ne regrette pas
d'être venue à Lyon : je ne me serais pas par-
donné de ne pas l'avoir fait !

J'ai écrit à la chère Mrs Moilliet ; rien ne
peut égaler sa bonté ni celle de son mari.
Notre départ a été très sensible à Dumont. Il
a donné à Fanny et à Harriet La Fontaine et
Gresset, et à moi une carte du lac, de ce voyage
que nous avons fait si agréablement ensemble.

A Mrs RUXTON.

Paris, novembre 1820.

Ne passez plus jamais une nuit sans dormir
à propos de la *Quarterly Review* et ne perdez
pas plus de temps à y penser (1). Je ne l'ai
jamais lue et ne la lirai jamais !

(1) A propos d'un article sur les *Mémoires* du père de
Maria Edgeworth, article plein d'aigreur, dans lequel tout
y était tourné en ridicule et mal interprété. Miss Edgeworth ne le lut qu'en 1835, poussée à le faire par une lettre
de M. Peabody qui y faisait allusion. Cette lecture ne
pouvait plus alors l'affliger, car ces diffamations anonymes
étaient depuis longtemps tombées dans l'oubli.

Je vous écris simplement pour vous dire
que j'ai enfin eu le plaisir de voir Mme la comtesse de Vaudreuil, la fille de votre amie. C'est
une femme extrêmement agréable, très à la
mode, ayant dû être très belle et qui a été
aimable pour nous au delà de ce qu'on peut
imaginer. Elle n'avait que quelques jours à
rester à Paris et nous en a consacré deux.
Elle nous a menées à la Conciergerie pour visiter le soir, les donjons où furent détenues la
pauvre reine et Madame Élisabeth : on en a
fait des petites chapelles. Dans celui de la reine
on a gravé sur l'autel la lettre qu'elle écrivit
au roi et dans laquelle elle pardonnait à ses
ennemis. Des larmes jaillirent des yeux de
la belle-fille de Mme de Vaudreuil, la jeune
comtesse de Vaudreuil, en contemplant cet
autel et l'emplacement où avait été le lit de
la reine! Qui pensez-vous qui nous accom-
pagnât dans ce pèlerinage? lady Beauchamp,
la mère de lady Langford, grande amie de
Mme de Vaudreuil, avec laquelle nous avons
dîné le jour suivant et qui nous a procuré
la loge du duc de Choiseul au Théâtre-Français alors que toute la salle était comble pour
voir Mlle Duchesnois dans *Athalie avec tous les*

chœurs (1). C'était très remarquable. Je n'avais jamais vu Mlle Duchesnois aussi parfaite.

MARIA EDGEWORTH A Mrs EDGEWORTH.

Paris, 15 novembre 1820.

Vous pourriez à peine croire, mes chers amis, le calme d'esprit et l'espèce de satisfaction résignée que j'éprouve maintenant en ce qui concerne la *Vie* de mon père. Je crois que les deux années de doute et d'anxiété que j'ai passées ont effacé tout ce qu'il y avait en moi d'inquiétude. Je sais que j'ai fait pour le mieux, que j'ai rempli un devoir, et je crois fermement que, si mon cher père pouvait en être témoin, il serait satisfait.

Nous avons vu Mlle Mars deux fois, ou plutôt trois fois, dans *le Mariage de Figaro* et dans deux petites pièces, *le Jaloux sans amour* et *la Jeunesse de Henri Cinq*. Nous l'avons beaucoup admirée.

Dans *un petit comité* (2) l'autre soir chez la

(1) En français dans l'original.
(2) Tout ce qui est en italique est en français dans l'original.

duchesse d'Escars, une discussion fut soulevée entre la duchesse de la Force, Marmont et Pozzo di Borgo à propros du *bon ou du mauvais ton* et de différentes expressions. *Bonne société* est une *expression bourgeoise*, vous devez dire *bonne compagnie* ou la *haute société*. *Voilà des nuances*, comme a dit Mme d'Escars. En somme, beaucoup de verbiage de la part de ces grands seigneurs, à propos de bien petites choses ! Cela m'a rappellé une conversation dans le *World* sur la bonne société, conversation qui avait fait l'admiration générale.

Nous avons beaucoup vu nos chers Delessert et Mme de Rumford (1) qui nous a offert un splendide et très agréable dîner, où se trouvait la princesse Potemkin. Cette dernière, notez-le bien, n'est appelée princesse que par pure courtoisie, ayant épousé un Potemkin qui n'est pas prince ; et, bien qu'elle soit née princesse Galitzin, elle a perdu son rang en épousant un inférieur selon les habitudes russes et françaises. On est, avec raison, étonné de notre galanterie, en effet bien supérieure sous ce

(1) Mariée en premières noces à Lavoisier le grand chimiste, puis au comte de Rumford, le savant, duquel elle se sépara. Elle était alors de nouveau veuve.

rapport. Pour nous, une grande dame reste
toujours une grande dame. Princesse ou non,
Mme Potemkin est charmante; vous pouvez
bénir votre étoile si je ne vous fais pas lire
sur elle un panégyrique d'une page entière.
Elle a paru aussi contente de nous voir, que
nous-mêmes l'avons été de la retrouver. Elle
était seule avec Mme de Noisville, cet heureux
mélange de ma tante Fox (1) et de Mrs Lataffière. En la quittant, nous nous rendîmes chez
Mme d'Haussonville que nous avons trouvée
jouant au billard avec Mme de Bouillé, absolument dans la même attitude que celle où nous
l'avions laissée il y a trois mois.

Samedi j'ai eu très mal à la tête, mais cela
n'a rien été et lundi nous avons dîné chez
Mme Potemkin chez laquelle nous nous sommes
trouvées avec une de ses tantes, la princesse
Galitzin, grande femme, maigre, bizarre, mais
d'esprit cultivé; elle est fille de ce prince
Schouvaloff auquel Voltaire écrivait éternelle-
ment. Sa mémoire est remplie d'anecdotes
relatives à cette époque; elle est de très bonne
compagnie et sa conversation est vive et en-

(1) Mary, femme de François Fox, sœur aînée de
M. Edgeworth et de Mrs Ruxton.   •

jouée. Craignant perpétuellement d'attraper un
rhume, elle porte toujours un bonnet en velours
et est constamment enveloppée de châles et
de pelisses pour passer d'une pièce dans une
autre. *A cela près* (1), c'est une femme de bon
sens.

Qui pensez-vous que nous ayons été voir
ensuite ? Cherchez tous autour de la table avant
de tourner ce feuillet. Je suis sûre que si quelqu'un devine, ce sera ma tante Mary ! Eh bien,
c'est Mᵐᵉ de la Rochejaquelein (2). Elle vient
d'arriver de la campagne et nous l'avons trouvée
dans un grand hôtel à travers lequel soufflaient
tous les vents du monde, et où tout n'était
qu'obscurité dans les escaliers et dans les antichambres, si ce n'est la lumière d'une bougie
portée devant nous par la servante.

Nous trouvâmes Mᵐᵉ de la Rochejaquelein
étendue sur un canapé, dans une petite chambre à coucher bien meublée, près d'un feu qui
venait d'être allumé. Ses deux filles travail-
laient : l'une filait à la quenouille, l'autre bro-
dait. C'est une femme très forte, ayant une
belle figure ronde d'une grande expression de

(1) En français dans l'original.
(2) Veuve du héros de la Vendée.

bienveillance, comparable à celle de Molly Bristow ou à celle de Mʳˢ Brinkley. Ses cheveux
coupés courts doivent être complètement blancs
d'après ce qu'il est possible d'en apercevoir
sous son bonnet. Sa figure, trop jeune pour ses
cheveux argentés, ne paraît pas, comme on nous
l'avait dit, altérée par la fatigue des mauvais
jours. Bien que sa personne tout empaquetée
dans ses vêtements et enfoncée dans un canapé,
n'offrît au premier abord aucun aspect gracieux,
on ne pouvait l'entendre parler ou même la voir
quelques instants sans comprendre qu'elle appartenait au meilleur monde et était d'éducation très distinguée. Elle s'était blessée à la
jambe, ce qui la forçait à rester étendue. Cette
inaction semblait lui être pénible, étant donné
son tempérament aussi actif que jamais. Sa
santé est, dit-elle, parfaite, mais une maladie
nerveuse des yeux l'a presque privée de la vue;
elle distinguait à peine ma figure, bien que je
fusse assise aussi près que possible du canapé.

« Je suis toujours fâchée, nous dit-elle, lorsqu'une personne étrangère me voit, parce que je
sens que je détruis toute illusion ! *Je sais que je
devrais avoir l'air d'une héroïne et que je devrais
avoir l'air malheureux ou au moins épuisée.*

Rien de tout cela, hélas(1)! Elle est mieux qu'une héroïne, elle est la bonté et la sincérité mêmes. Désirant nous faire examiner plusieurs choses qu'elle pensait devoir nous intéresser, Mᵐᵉ de la Rochejaquelein nous fit conduire au salon par ses filles en s'excusant pour le froid qui régnait dans ces pièces, et il est certain que l'excuse n'était pas inutile ! Quand les doubles portes furent ouvertes, je crus qu'Éole en personne soufflait sur nous ! Aussi nous enveloppâmes-nous bien avant de les franchir. D'un côté du *salon* était le portrait de M. de Lescure et de l'autre celui de Henri de la Rochejaquelein peints, l'un par Gérard, et l'autre par Girardet; tous deux sont des présents du roi. Ce sont de belles figures de soldats. Dans le boudoir il y en a un autre de M. de la Rochejaquelein qui est le plus charmant de tous, mais que la duchesse n'a pas encore trouvé la force de regarder. J'ai été enchantée de cette visite.

(1) En français dans l'original.

A Miss Lucy Edgeworth.

Calais, 5 décembre 1820.

C'est une grande satisfaction pour moi, ma
chère Lucy, de sentir que nous sommes maintenant plus rapprochées de vous et que bientôt
nous serons plus près encore; nous serons dans
le même pays et pourrons avoir des réponses
à nos lettres dans la huitaine. Quelle différence avec les trois longues semaines d'attente
que nous devions subir à Genève !

Et maintenant, ma chère Lucy, je compte
sur vous pour préparer ma mère à recevoir
une importante communication. Choisissez un
moment opportun pour la lui faire, quand elle
ne sera pas trop occupée, quand elle aura
l'esprit tranquille, et cela est, lorsque vous êtes
bien portante. Si vous le jugez convenable, mes
tantes et Honora peuvent assister à l'entretien.
Commencez par dire que, sachant combien ma
mère et Lovell sont bons et ont de confiance
en moi, je suis sûre qu'ils ne feront pas d'objections à l'entrée d'une nouvelle personne dans
la famille, bien qu'ils puissent être sans doute

un peu étonnés de savoir que j'ai pris un parti
à ce sujet sans les consulter. Donc, j'ai amené
avec moi de Paris, et j'ai l'intention, à moins que
cela ne me soit formellement défendu, d'introduire à Edgeworthstown une blanchisseuse
française! Je ne peux pas espérer que Lovell
lui bâtisse une maison, bien que pendant longtemps il ait eu l'intention de construire une
buanderie. Mais ma petite Française ne demande
pas une maison ; elle peut vivre dans la nôtre,
si ma mère, mes tantes et lui, acceptent cet
arrangement, et je m'engage à ce qu'elle ne
cause aucun ennui et ne soit pas une occasion
de dépense. Elle est *sourde et muette* (1) déjà
d'un certain âge, de bonne tenue, toujours de
bonne humeur et s'occupant de ce qu'elle doit
faire sans se mêler des affaires de personne.
Elle m'a été recommandée par Mme François
Delessert dans la famille de laquelle elle est
restée quelque temps, très aimée par tous,
spécialement par les enfants pour qui elle lavait
sans cesse jusqu'au moment où, ayant eu mal à
une jambe, elle ne put plus travailler tout à fait
autant qu'autrefois. Néanmoins, elle blanchit

(1) En français dans l'original.

encore à la satisfaction générale. Fanny et
Harriet apprécient ses talents et je suis certaine
qu'elle ne déplaira pas à mes tantes. Je pense
qu'en attendant une autre organisation, elle
pourrait coucher dans le cabinet de toilette de
ma mère.

Ici, ma chère Lucy, vous ferez une pause pour
écouter les objections que chacun ne man-
quera pas de faire au sujet de ce plan. Puis,
après cinq minutes accordées à la délibération,
poursuivez, et ajoutez que si l'on ne trouve
aucune bonne place pour caser ma blanchisseuse, on la mettra sur la cheminée de ma
mère (1).

Mais finissons ces balivernes.

A Mrs EDGEWORTH.

Calais, Hôtel Dessin, 5 décembre 1820.

Nous croyons rêver mes compagnes et moi
en nous retrouvant dans ce lieu, dans cette
même chambre où nous étions il y a environ

(1) Un joli petit jouet français donné par Mme François Delessert.

sept mois! Mais ce rêve est délicieux! le souvenir qui nous reste des cascades, du Mont-
Blanc, cette magnifique somme de connaissances
acquises, qui actuellement, flotte encore con-
fusément dans notre esprit, la paisible certitude
du bonheur qui nous attend, tout cela nous
atteste, que le temps qui vient de s'écouler
n'était pas un rêve. Tous nos anciens amis de
Paris sont plus que jamais nos amis et nous en
avons acquis de nouveaux. Tout ce que j'avais
attendu de ce voyage, tout ce que j'en avais
espéré, a été surpassé par la réalité ; nous
retournons avec une entière satisfaction dans
notre pays, cherchant des yeux notre doux
intérieur pour y trouver le bonheur constant,
ne laissant derrière nous aucun désir qui n'ait
été satisfait, aucun regret, si ce n'est celui d'avoir
quitté nos amis.

SÉJOURS EN ANGLETERRE

1821-1822

Wycombe Abbey. — Wilberforce. — David Ricardo. —
Séance à la Chambre des communes. — Mrs Fry. —
Visite à Newgate. — Almack's. — Mrs Siddons.

A Mrs RUXTON.

Wycombe Abbey, 2 novembre 1821.

Lord Carrington est charmant pour nous. Il
a invité toutes les personnes avec lesquelles il
pensait que nous dussions avoir du plaisir
à nous trouver réunies. M. Wilberforce est
venu passer quelques jours ici, j'ai été bien
heureuse de le revoir et de pouvoir jouir de
nouveau de son aimable conversation, de
l'étendue et de la variété de ses connaissances.
Personne moins que lui n'aime à se mettre en
évidence! Il ne parle pas pour parler, mais pour
causer. Ses idées sortent en telle abondance et

proviennent de tant de sources différentes, qu'elles se croisent quelquefois entre elles. Un reporter y perdrait la tête ! Il semble émettre ses pensées sous la forme où elles s'offrent à son esprit, de sorte qu'il expose ce qui le frappe le plus sur les deux côtés de la question. Ses auditeurs en sont quelquefois étourdis mais cela me semble une preuve d'honnêteté et de sincérité. Il est à la fois amusant et instructif de lui voir faire, si on peut s'exprimer ainsi, la balance entre ses propres récits. Il est très vif et sujet à d'étranges tics. Mais n'importe, son caractère indulgent et bienveillant m'a beaucoup frappée. Il n'a aucune prétention à la supériorité en quelque façon que ce soit. Il m'a parlé de mon père et de ses *Mémoires* avec beaucoup de respect et de sympathie pour mes sentiments personnels.

A Mʳˢ EDGEWORTH.

Galcombe Park, 9 novembre 1821.

Nous sommes arrivées ici mercredi soir pour le moment du thé, par un magnifique clair de

lune. A la grille, la première opération fut de
mettre la mécanique à la voiture pour descendre
une côte tellement longue que nous nous de-
mandions quand nous en verrions la fin et quand
il nous serait donné d'apercevoir la maison. Il
était facile de se rendre compte même au clair de
lune, que l'endroit était charmant. Enfin nous
avons fini par apercevoir un hall très éclairé, des
domestiques sur les marches du perron, puis
M. (1) et Mrs Ricardo qui nous reçurent très
aimablement ; Mrs Ricardo a les yeux vifs et
d'une bienveillance pleine de franchise et d'affa-
bilité. Elle paraît fort simple, on sent qu'elle ne
s'occupe pas d'elle. Elle nous présenta sa belle-
fille en nous disant : Mrs Osman Ricardo. Celle-ci
est une jeune et jolie femme de tournure élan-
cée, et ayant une profusion de cheveux blonds
très légers ; puis M. Ricardo fils, et deux jeunes
filles : Mary âgée d'environ quinze ans, et Berthe
une belle enfant de dix ans.

J'étais anxieuse à propos de Fanny, fatiguée
et un peu étourdie par ce voyage, mais la pre-

(1) David Ricardo (1772-1823) longtemps membre du
Parlement pour Portarlington, grand orateur et écono-
miste. Il avait épousé Catherine, fille de W. T. Saint-
Quentin of Scampston Hall, York.

mière réponse du matin fut qu'elle se trouvait
beaucoup mieux, ce qui me tranquillisa.

Le lendemain, journée très belle et très gaie.
La maison est charmante; de toutes les fenêtres
on a vue sur des bois, et ce ne sont de tous
côtés que montées et descentes. On proposa
de faire des promenades à cheval et en voiture.
Je demandai à visiter une manufacture de draps
des environs : M⁣ʳˢ Osman Ricardo offrit son
cheval à Fanny et M. Osman l'accompagna,
tandis que M. Ricardo me conduisit dans
un joli et confortable phaéton, Harriet et
M⁣ʳˢ Osman installées sur le siège de derrière.
Nous avions de beaux chevaux très forts, et cependant d'allure tranquille, de sorte que tout
en descendant et en montant des côtes presque
perpendiculaires, une espèce de « *Rodborough
Simplon* », je n'ai pas du tout été effrayée. On
s'amuse beaucoup ici, me dit-on, de la manière
de conduire de M. Ricardo, mais moi je la préfère infiniment à une manière plus brillante!
Sidney Smith, qui était ici dernièrement, s'a-
musait à dire qu'un nouveau médecin avait
dû s'établir à Minchin Hampton, depuis que
M. Ricardo s'est mis à conduire!

Nous avons eu de charmantes conversations

sur des sujets à la fois sérieux et frivoles. M. Ricardo, bien que d'aspect très calme, a une acti-
vité d'esprit perpétuelle et fait constamment
rebondir la conversation. Personne n'apporte
autant de bonne foi que lui dans la discussion.
Il donne de l'importance à tous les arguments
dirigés contre lui, et ne semble pas permettre
un seul instant à son esprit, de s'appesantir sur
un côté de la question, plus de temps qu'il ne lui
est nécessaire pour se former une conviction.
Il paraît lui être tout à fait indifférent que
ce soit vous ou lui qui ayez trouvé la vérité,
pourvu qu'elle soit trouvée. On gagne quelque
chose à causer avec lui : c'est de se rendre
compte du degré de justesse de son propre rai-
sonnement, et la compréhension est améliorée
sans que le caractère ait été entamé par la discussion.

Mais il faut que je termine cette lettre. Harriet a écrit à Pakenham le récit de la visite à la
manufacture de draps, et maintenant nous allons sortir pour visiter l'école de Mrs Ricardo.
Elle a cent trente élèves et se donne autant de
mal que Lovell.

Hier soir un M. et une Mrs Strachey ont dîné
ici. Le mari est agréable, et Mrs Strachey a
une jolie petite tête comme celle d'Honora et
l'organe très sympathique. M. et Mrs Smith,
d'Easton Grey, étaient venus aussi; on a beaucoup et très agréablement causé. Il a été pas
mal question d'une balourdise anglaise. Lord
Campden a fait insérer dans les journaux l'avis
suivant : « Étant donnée la misère actuelle ni lord
Campden ni aucun de ses tenanciers ne tireront
un seul coup de feu avant le 4 octobre prochain ! »

Il y a eu grande discussion aussi pour apprécier si Walter Scott avait eu ou non raison de
ne pas faire paraître ses romans sous son nom ;
puis sur le cas d'Effie Deans, sur les contrebandiers, etc... Lord Carrington assure que toutes
les dames sont nées contrebandiers. Lady Carrington étant, nous dit-il, sur la frontière du
Devonshire lui écrivit un jour que son som-
melier avait acquis pour trente-six livres un
tonneau de vin provenant d'un naufrage et que
ledit tonneau était casé dans son cellier.
« Voyons, se dit lord Carrington, je suis au

service du roi, puis-je laisser faire cela ? Non. »
Il écrivit donc aux douaniers pour leur signaler
la fraude et il avertit en même temps lady Carrington ; mais il oubliait que le fait d'acquérir
des marchandises provenant d'un naufrage
était considéré comme crime capital. Le som-
melier, à cette nouvelle, devint pâle comme la
mort, et s'écria : « Mylady, je suis forcé de fuir,
de m'en aller en Amérique ! » Tous furent d'abord
dans la consternation, mais l'idée leur vint de
défoncer le tonneau, de sorte qu'à l'arrivée des
douaniers, ils ne trouvèrent plus rien ! Lord
Carrington perdit les trente-six livres, mais
l'honneur fut sauf. M. Ricardo disait qu'il
aurait pu faire mieux encore, en écrivant aux
propriétaires du vaisseau qu'il était prêt à leur
payer un bon prix, plus les droits.

A Miss Lucy Edgeworth.

Gatcombe Park, 12 novembre.

Nous sommes absolument heureuses ici. La
propriété est charmante et assez spacieuse pour
qu'on puisse s'y promener à pied, à cheval ou
en voiture. Fanny a toujours un cheval à sa

disposition, et moi le phaéton. De plus M. Ricardo, très aimable et très bien renseigné sur tout, est toujours prêt à m'accompagner et à faire la conversation. Mon propre plaisir est augmenté par celui que je vois prendre à Fanny et à Harriet.

Le soir, dans les intervalles de conversations sérieuses, on s'amuse à toutes sortes de jeux. Par exemple à « *Pourquoi, quand et où* ». Hier soir on a joué des charades.

En premier, Pillion (1) mot excellent. Je jouais, ainsi que Fanny et Harriet, la chère petite Berthe et M. Smith qui est le grand organisateur de ce genre de distraction. Pour le premier, nous entrâmes en avalant des pilules et en faisant mine d'avoir de grandes suffocations. Au second, nous arrivions à quatre pattes rugissant comme *des lions!* Fanny et Harriet ont été très applaudies dans ce genre d'exercice. Enfin, pour le tout, Berthe était à cheval sur le dos de M. Smith : Pillion !

2° — Coxcomb (2) — MM. Smith et Ricardo, Fanny, Harriet et Maria entraient imitant le

(1) Selle, coussinet. Pill. : pilules. Lion : lion.

(2) Petit maître, freluquet : cox, coq (par la prononciation) ; comb : peigne.

chant du coq. 2° Les mêmes étaient repré-
sentées en train de se peigner. 3° M. Ricardo
seul se pavanait et offrait au public un petit-
maître tout à fait réussi.

3° — Sinécure — Le mot n'était pas bon. On
n'a rien pu en faire.

4° — Monkey (1) — très bon — M. Ricardo
et M. Smith en moines la tête couverte de
mouchoirs de soie de couleur en guise de ca-
puchons, formaient une procession comique.
2° — Nouvelle entrée avec des clefs. Puis pour
le tout, M. Ricardo en singe!

5° — Fortune Tellers (2) — la mieux réussie
de toutes — Fanny représentait la Fortune. Malheureusement nous avions oublié de lui bander
les yeux, et elle n'avait que mon sac de cuir en
guise de bourse! Elle n'en était pas moins une
belle et gracieuse Fortune, répandant ses lar-
gesses avec un air qui a charmé le public et
les acteurs. Ensuite M. Smith et Harriet en
scrutateurs de la Chambre des communes « les
Oui en majorité » (3). Puis Fanny, Maria et

---

(1) Singe. Monk : moine. Key : clef.
(2) Diseuses de bonne aventure : Fortune; la fortune.
Tellers : scrutateurs.
(3) Formule d'un vote à la Chambre.

Harriet en diseuses de bonne aventure ont été très fêtées.

6° — *Love-Sick* (1) — Berthe, armée d'un arc fait en un instant par M. Smith, d'une baguette, d'un ruban de coton rouge et d'une longue plume d'oiseau, était, les yeux convenablement bandés, un Cupidon irrésistible. Elle entra, tira, et toute la société tomba par terre. 2° Harriet, M. Smith et Maria, tous très malades. 3° Fanny représentant une jeune femme malade d'amour ; Maria, sa duègne, la grondait, la plaignait, la soignait en lui présentant des sels.

7° et dernier. — *Fire eater* (2) — Harriet et moi donnions l'alarme pour le feu et nous l'avons fait avec tant de succès que nous avons effrayé M. Ricardo lui-même, qui allait appeler au secours. 2° J'étais un gourmet, ce qui a toujours le plus grand succès sur les planches. 3° Harriet dévorait des bâtons enflammés d'une manière admirable, en se brûlant seulement un peu la lèvre.

Dans *Conundrum* (3) nous vîmes Mrs Osman en charmante religieuse. C'est une aimable

(1) Malade d'amour. Love : amour. Sick : malade.
(2) Mangeur de feu. Fire : feu. Eater : mangeur.
(3) Quolibet.

personne, très séduisante, que l'on sent désireuse
de profiter de tout pour se perfectionner, et
dont l'intelligence ne m'avait pas tout d'abord
assez frappée.

A Mʳˢ Ruxton.

8, Holles Street, 9 mars 1822.

Nous sommes confortablement installées dans
cette situation très centrale. Nous avons été,
lundi passé, à une réunion très choisie et qui
a eu lieu de bonne heure chez Mʳˢ Hope. La
nouvelle galerie de tableaux flamands donnés à
M. Hope par son frère est maintenant merveilleusement arrangée.

J'ai eu le plus grand plaisir à ce que François
Beaufort(1) ait pu venir avec nous au charmant
déjeuner de M. Ricardo, ils ont été enchantés
l'un de l'autre.

Il est maintenant de mode pour les bas bleus
de parler d'économie politique et de faire de
grands bavardages sur ce sujet, tandis que
d'autres femmes de bon sens, comme Mʳˢ Mar-

(1) Frère de la quatrième Mᵐᵉ Edgeworth.

cet, se taisent et écoutent. Un monsieur a très
bien répondu l'autre jour quand on lui demandait s'il ferait partie de ce fameux *Club d'Économie politique*, en disant qu'il y entrerait,
quand il aurait trouvé deux des membres pouvant s'accorder sur un seul point. En attendant,
de grandes dames exigent que la gouvernante
de leurs filles soit capable de leur enseigner
cette science !

Pouvez-vous enseigner l'économie politique ?
disent-elles. — Non, mais je puis l'apprendre. —
Oh non ! si vous ne pouvez pas l'enseigner dès
à présent, vous ne pouvez pas faire mon affaire.

Il y a un autre genre de gouvernante qui est
maintenant à la mode ; la gouvernante *ultra-
française*. Dernièrement l'une d'elles appartenant à la maison d'une lady ayant cette manière de voir se rencontra avec une autre du
parti des *Orléans* ou *Libéraux*. Elles en vinrent
à des paroles très vives, mais la discussion
fut calmée par l'arrivée opportune d'une robe
de bal garnie alternativement de roses rouges
et blanches. Une *garniture aux préjugés
vaincus* (1) ! » Cette toilette aurait dû être

(1) En français dans l'original.

portée par les femmes qui, pendant la Révolution, avaient inventé le « *Bal des victimes* ».

Hier, nous avons déjeuné chez Mrs Somerville
et nous sommes restées dans son atelier jusqu'à
une heure. Après l'avoir quittée nous nous
rendîmes chez lord Lansdowne où nous avions
rendez-vous ; lady Lansdowne est très affectueuse pour Fanny et Harriet. Il y avait du
feu dans une superbe salle de réception ornée
de statues qui ont été commandées pour l'emplacement même. Mrs Kennedy, la fille de sir
Samuel Romilly, femme très agréable, vint
nous y rejoindre, ainsi que Mrs Nicholls, la
nièce de lady Lansdowne. J'aime à ce que vous
sachiez tout ce que je fais.

Ensuite, nous avons été avec le capitaine et
Mrs Beaufort voir la tombe de Belzoni (1), le modèle d'abord, puis ensuite le monument qui est
énorme et peint dans les couleurs adaptées à sa
destination ; c'est un spectacle qui frappe,
mais je ne le décrirai pas ; il y a des livres qui
s'en chargent parfaitement.

Tout à côté se trouvent les Lapons. L'homme,
à peu près de ma taille, était à l'ouvrage et

(1) Voyageur italien.

faisait avec beaucoup d'application, mais sans intelligence, une cuiller de bois. La femme paraissait plus avisée et un enfant de cinq ans aux yeux gris très calmes était près d'eux. Au milieu de la pièce étaient parqués des rennes, très doux et en même temps très voraces d'un genre de mousse dont était rempli un énorme panier. Cette mousse, qu'ils aiment autant que celle de leur pays, a été trouvée en grande quantité à *Bagshot Heath.*

Nous avons été un soir à la Chambre des communes avec M. Withbread. Elle est maintenant installée dans l'ancienne chapelle, qui était mansardée dans toute sa longueur; en bas et de chaque côté, presque au ras du parquet, se trouvent des fenêtres de forme gothique et maintenant murées; au plafond sont des poutres. Une lanterne avec une chandelle d'un sou renfermée dans un chandelier en fer-blanc constitue toute la lumière. Vers le milieu de la mansarde on voit quelque chose qui ressemble à une guérite faite en planches de sapin; de vieilles chaises sont placées tout autour. De là, en nous penchant, nous pûmes jeter un coup d'œil au-dessous de nous. Il nous était possible d'apercevoir le grand lustre allumé ; un grillage en fer qui le traverse en voilait l'éclat, et nous permettait de regarder plus bas, et au delà. Nous pouvions encore voir la moitié de la table sur laquelle était posée la *Masse*, des papiers, etc., et même en regardant avec attention, nous pouvions encore découvrir les silhouettes de deux secrétaires placés à l'autre extrémité, mais il était impossible de voir le speaker, ni son fauteuil ; ses pieds seuls étaient visibles. Au bout de quelques instants, nous entendîmes sa voix et le terrible « *A l'ordre* » ; nous pouvions aussi distinguer une partie des membres du banc de la trésorerie et de l'opposition, le sommet de leurs têtes, leurs profils et voir très bien leurs gestes. La séance n'était pas intéressante : l'affaire du Knightbridge et la taxe sur le sel ; cela nous a plu néanmoins, parce que nous étions désireux de voir et d'entendre les principaux orateurs de chaque parti. Nous entendîmes d'une part, lord Londonderry, M. Peel et M. Vansittart, et de l'autre côté Denman, Brougham et Bennett ainsi que plusieurs autres députés ruraux et hésitants, qui semblaient parler seulement pour plaire à leurs mandataires. Sir John Sebright était là, aussi

à son aise que dans son salon de Beechwood.
M. Brougham nous a paru le meilleur orateur,
et, après lui, M. Peel. M. Vansittart exprime
ses idées dans une belle langue très correcte,
bien que tout son discours ne renfermât, en
somme, que peu de chose. On nous a dit que
le speaker avait fait cette observation que
M. Vansittart ne fait jamais une erreur gramm-
maticale. En revanche lord Londonderry com-
met les plus étonnantes bévues et les plus
grands « *mal à propos* » (1). M. Denman parle
bien. Enfin, l'ensemble, les orateurs, l'intérêt
de chaque chose, a surpassé nos espérances,
et nous avons été fières de noter la différence
qui existe entre la Chambre des communes
anglaise et la Chambre des députés française !

Malgré tout (2) il y a des troubles à Suffolk
et lord Londonderry dut quitter la salle pendant
le dîner pour donner l'ordre d'y expédier des
troupes.

(1) En français dans l'original.
(2) *Ibid.*

A Mrs Edgeworth.

8, Holles Street, mars 1822.

Votre frère Francis est extrêmement bon pour nous et nous l'emmenons où nous voulons. Nous avons dîné ensemble, chez Mrs Veddell. Cette chère vieille dame a copié l'année dernière, dans sa soixante-douzième année, un beau portrait au crayon de lady Dundas. Nous avons trouvé chez elle lady Louisa Stuart, M. Stanley d'Alderley et beaucoup d'autres.

Hier, dès que nous eûmes avalé notre déjeuner, — prenez note qu'il se composait de thé superfin qui nous a été donné par Mrs Taddy — nous allâmes à Newgate où nous avions rendez-vous. Les portes particulières, les grandes, les lourdes, les portes de tous genres enfin, se sont ouvertes devant nos billets, tous les verrous se sont tirés, et nous avons traversé des couloirs tristes, mais propres, pour pénétrer dans une pièce remplie de bancs vides, et meublée d'une table sur laquelle était posée une grande Bible. Quelques personnes, hommes et femmes entrèrent et prirent place en silence dans ces bancs, de chaque côté de la table.

Puis vint Mrs Fry, habillée d'un manteau de soie grise et du chapeau uni et sans garnitures des quakeresses. Elle a une physionomie bien-veillante, la figure calme et douce d'une madone du Guide. Elle commença en disant : « Je vais faire une demande : Maria Edgeworth est-elle ici ? Où est-elle ? » Je m'avançai ; elle tint à nous placer à côté d'elle. Je n'oublierai jamais ce premier et bon sourire qu'elle eut en me regardant. Les prisonnières entrèrent et s'assi-rent avec ordre dans les bancs ; toutes avaient la figure, les cheveux, les mains propres. Devant elles, sur un petit banc très bas, des petits enfants furent assis et installés par leurs mères. Presque toutes ces femmes, d'environ trente ans, étaient condamnées à la transportation, quelques-unes seulement à l'emprisonnement. L'une d'elles, qui ne parut pas, était condamnée à mort. Souvent, paraît-il, les condamnées de ce genre deviennent malades et incapables d'écouter Mrs Fry : les autres viennent réguliè-rement et volontairement.

Mrs Fry ouvrit la Bible et lut de la voix la plus douce, la plus solennelle et la plus posée, tran-quillement et distinctement, sans rien dans les manières qui pût détourner l'attention de ses

auditrices. De temps en temps elle s'arrêtait
pour donner une explication, ce qu'elle faisait
avec beaucoup de jugement, et toujours sous
une forme qui lui permît de s'identifier avec les
prisonnières, disant par exemple : « Nous sen-
tons, nous sommes convaincues ». Elles prê-
tèrent beaucoup d'attention à cette lecture,
paraissant véritablement intéressées par ce que
disait Mrs Fry et touchées par sa manière de
faire. Il n'y avait rien d'affecté dans leur conte-
nance, aucun aspect d'hypocrisie. Je les étudiai
soigneusement et je n'en vis aucune que j'eusse
pu mal juger si je n'eusse su à qui j'avais affaire
et, cependant, Mrs Fry m'assura que toutes ces
femmes étaient de la pire espèce. Elle me con-
firma ce que nous avions lu ou entendu dire :
que c'était par l'amour maternel seul, qu'il
était possible d'obtenir un commencement
d'influence sur ces malheureuses. Lorsqu'elle
s'occupa tout d'abord d'un ou deux de ces
beaux enfants, les mères lui dirent que si elle
pouvait arriver à sauver ces petits êtres de la
misère qui les avait conduites au vice, elles
feraient tout ce qui leur serait demandé. Lorsque ces femmes virent le changement produit
sur leurs enfants par les leçons de Mrs Fry,

elles demandèrent à les suivre elles-mêmes.
Je n'aurais pu croire que l'amour maternel
pût rester aussi vivace dans des cœurs où
tout autre sentiment de vertu était mort depuis
si longtemps ! Le sermon du vicaire de Wake-
field dans la prison, est fondé sur une grande
et profonde connaissance du cœur humain :
« L'étincelle du sentiment du bien est souvent
étouffée, jamais éteinte ».

Mrs Fry prononce quelquefois une prière im-
provisée, mais, aujourd'hui, elle resta silencieuse, tout en couvrant sa figure de ses mains
pendant quelques minutes. Les femmes, non
plus, ne proférèrent pas un mot, fixant leurs
yeux sur elle, et lorsqu'elle leur eût dit : « Vous
pouvez vous retirer », elles partirent avec tranquillité. Les enfants restèrent calmes pendant
tout ce temps et lorsque l'un d'eux se penchait,
la mère le redressait.

Mrs Fry nous disait que le fait d'avoir divisé
les femmes en diverses classes et d'avoir fait de
quelques-unes des *moniteurs* avait parfaitement
réussi. Il y a quelques petits avantages pécu-
niaires attachés à   emploi, qui leur donnent
de l'émulation pour l'obtenir.

Nous allâmes avec Mrs Fry dans les ateliers

de femmes où nous les vîmes occupées à différents travaux : à tricoter, à faire des tapis de
foyer, etc... En général ces travaux d'aiguille
sont très bien faits, et quelques-unes de ces
femmes sont même très adroites. Lorsque j'en
exprimai mon étonnement, à la sœur de M⁣ʳˢ Fry,
elle me répondit : « Rappelez-vous, Madame,
que nous n'avons pas affaire ici à des idiotes,
mais à des coquines! »

Il n'y a qu'une seule de ces créatures sur
laquelle M⁣ʳˢ Fry n'a jamais pu avoir aucune
influence, une vieille juive. Elle est si dépravée,
si odieusement sale, qu'on n'a jamais pu arriver
à purifier ni son corps, ni son esprit. Soit
qu'on la nettoyât, ou qu'on lui mît des vêtements
propres, au bout de vingt-quatre heures tout
était déchiré, sali, et fourmillait encore de ver-
mine. Je l'ai vue dans la cuisine où l'on distribuait
du bouillon ; c'était horrible et ce souvenir m'a
obsédée pendant deux jours. Un de ses yeux
avait été crevé et l'autre brillait de perversité.
Je lui demandai si elle n'était pas plus heureuse depuis l'arrivée de M⁣ʳˢ Fry à Newgate?
Sans répondre directement à ma demande, elle
me dit : « C'est difficile d'être heureuse dans
une gêole, si vous goûtiez ce bouillon vous

trouveriez que ce n'est que de l'eau. » Je le
goûtai, et le trouvai très bon. Loin d'être
désappointée par le résultat des efforts de
Mrs Fry, j'en fus émerveillée. Nous sortîmes
de ces murs épais et silencieux de Newgate,
pour nous replonger dans le tourbillon de la
bruyante cité, puis dans la partie élégante de la
ville, et avant que nous eussions pu réunir nos
idées, alors que la douce voix et la douce figure de
la quakeresse, son étonnante volonté, le succès
des efforts de cette admirable femme étaient encore tout frais dans nos esprits, un flot de visites
nous arriva et la vie ordinaire reprit son cours.

3 avril.

Fanny, Harriet et moi avons été passer la
soirée dans ce lieu enchanteur et très exclusif
appelé Almack's. Notez que la duchesse de
Rutland ayant été absente pendant quelques
mois a un peu blessé les dames patronnesses en
n'allant pas les voir, et n'a pu dès lors, malgré
tous ses efforts, obtenir un billet d'aucune
d'entre elles, ce qui lui fut très sensible. Ceci
est pour vous donner une idée de l'importance

que l'on attache à aller à Almack's ! C'est l'excellente Mrs Hope qui nous les a obtenus par
l'entremise de lady Goodyr et de lady Cowper.
Les dames patronnesses n'ont l'autorisation de
donner des billets qu'aux personnes qu'elles
connaissent personnellement; cette raison leur
servit pour ne pas accéder à la demande de
lady Rutland : celle-ci n'avait pas été les voir,
donc elles ne connaissaient pas « *Sa Grâce* ».
Mais cette même raison eut été plus plausible
en ce qui me concerne, car en réalité lady
Cowper ne me connaissait pas du tout. Je
l'avais vue, mais ne lui avais jamais été présentée jusque-là.

Fanny et Harriet avaient des toilettes très
élégantes et étaient coiffées par Trichot, le
coiffeur de lady Lansdowne. Mrs Hope avait
prêté à Harriet une guirlande de roses de
France. Plusieurs personnes m'ont dit que
Fanny était sinon la plus jolie, du moins, la
plus élégante des jeunes femmes présentes ; et
cependant, on peut dire, pour se servir du style
des journaux, que l'élégance, la naissance, la
fortune étaient réunies ce soir-là !

Vers la fin de la soirée le capitaine Walde-
grave vint me trouver avec M. Bootle Wilbraham,

qui s'appelle alternativement Wilbraham Bootle
et Bootle Wilbraham, ce qui fait que personne
ne sait au juste comment l'appeler ! Il venait me
dire qu'il était notre dévoué serviteur et tout
à nos ordres pour nous faire visiter le péni-
tencier de Milbank lorsque cela nous serait
agréable. C'est un grand homme, mais il revint
ensuite près de moi avec un plus grand homme
encore, le marquis de Londonderry qui se
mourait d'impatience depuis quelque temps,
disait-il, du désir de nous être présenté ! Il m'a
beaucoup parlé de *Castle Rackrent*, etc...,
et aussi de l'Irlande. Naturellement, je l'ai
trouvé fort agréable. Il m'a d'ailleurs paru
beaucoup moins solennel que lorsque je le vis
à la Chambre des communes. Il nous introduisit près de la gaie et potelée lady Londonderry, qui fut extrêmement gracieuse et nous
invita à une des quatre grandes soirées qu'elle
donne par saison. Une chose qui me surprit
fut de voir la rapidité avec laquelle une réunion
tout entière sait immédiatement que le ministre
vous a parlé. Toutes les personnes que je ren-
contrai ensuite ce soir-là et même le lendemain
me dirent qu'elles avaient vu lord Londonderry
causer avec moi pendant très longtemps.

Nous avons été à une des réceptions de lady Londonderry ; il y avait foule et néanmoins la circulation était facile.

A Mᴿˢ RUXTON.

8, Holles Street, 10 avril 1822.

La grande variété de sociétés qui existe à Londres, la solidité de jugement qu'on y rencontre, l'acquis que l'on y recueille, m'ont frappée en me paraissant être d'une nature bien supérieure à l'équivalent, dans la société parisienne.

Nous connaissons ici bien des genres de sociétés ne dépendant en aucune façon les unes des autres : sociétés scientifique, littéraire, politique, société d'artistes et de voyageurs, sans compter la société à la mode composée elle-même de mille nuances. Dans chacune d'elles, la conversation est différente, mais toujours pleine d'intérêt.

Par l'intermédiaire de Lydia White, nous avons pu faire plus ample connaissance que je ne l'espérais avec Mᴿˢ Siddons. Elle nous a fait

l'historique de son début dans *Macbeth*, de sa
résolution dans la scène du sommeil de déposer
le chandelier avant de se laver les mains, et de
ne dire qu'ensuite à Mʳˢ Pritchard, les mots :
« *Out vile spot!* » (1), contrairement aux précé-
dents et à toutes les traditions.

. Pendant les cinq minutes qu'elle se réservait
afin d'être complètement à elle-même et de
recueillir son esprit avant de jouer, Sheridan
frappa violemment à sa porte, entra précipitamment et lui prédit qu'elle se perdrait si elle
persévérait à vouloir adopter cette manière
de jouer. Elle persista, eut le plus grand succès,
de vifs applaudissements et Sheridan n'eût
plus qu'à implorer son pardon. Elle nous
exprima toute la crainte que lui fit éprouver
la présence au parterre de Burke, de Fox, de
Sheridan, et de Sir Joshua Reynolds.

. Mʳˢ Siddons nous a invitées à une réunion de
lecture tout intime. Il n'y avait que sa fille,
très jolie jeune femme, un certain M. Wilkin-
son, M. Burney, le Dʳ Holland, Lydia White,
M. Harness et nous. Elle nous lut un de ses
plus jolis rôles, le plus approprié à être dit

_____

(1) Va-t'en, tache maudite !

dans un appartement : *la Reine Catherine.*
Son costume consistait en une robe de velours
noir, et un bonnet d'étoffe semblable orné de
plumes, de manière qu'il fût approprié aux
deux rôles qu'elle devait remplir simultané-
ment ce même soir, rôles de grande dame
et de reine. Elle resta assise toute la soirée,
ayant posé devant elle un immense volume de
Shakespeare. Comme elle savait par cœur le
rôle de Catherine, elle n'eut que rarement besoin
de l'aide du lorgnon et lut incomparablement
bien. Sa mobilité de physionomie est étonnante,
son indignation lorsqu'elle renie le cardinal
pour être son juge, la dernière scène où elle
expire, tout fut si parfaitement naturel, si
touchant, que nous ne pûmes exprimer notre
enthousiasme que par des larmes. Mᵐᵉ Siddons
est belle, même dans ce terrible moment où
elle simule la mort. Des personnes qui l'ont
vue sur les planches, dans ce rôle, m'ont assurée qu'il leur avait fait, hors du théâtre, un
effet plus saisissant peut-être encore, parce
qu'elles étaient assez près d'elle alors, pour
se mieux pénétrer de toutes les nuances de
sa physionomie, ne rien perdre des murmures
de sa voix défaillante. Quelqu'un disait que,

dans la scène de la mort, son coussin même semblait ressentir le contrecoup de sa souffrance.

Elle nous parla ensuite des différents rôles qu'elle aimait ou n'aimait pas à jouer et, lorsqu'elle cita les rôles et les scènes qu'elle avait trouvés soit faciles, soit difficiles à rendre, une observation curieuse à noter était que les sentiments de l'actrice se confondaient avec les sentiments et le jugement du meilleur des critiques. Tout ce qu'elle ne trouvait pas naturel ou qu'elle jugeait sans valeur, ne pouvait jamais être bien rendu par elle.

Nous venons de passer trois jours à Deepdene que rendent charmant à ce moment de l'année les haies d'aubépine en fleurs, la verdure si tendre du mélèze et le vert feuillage des sycomores.

FIN

CORBEIL. Imprimerie ÉD. CRÉTÉ.

www.ingramcontent.com/pod-product-compliance
Lightning Source LLC
Chambersburg PA
CBHW070456030726
47503CB00004B/1067